あなたに電話

森 瑤子

ハルキ文庫

角川春樹事務所

目次

アンサーフォン

——こちらは根岸二郎《ねぎしじろう》です。只今《ただいま》出かけています。お名前用件を信号音の後にどうぞ。戻り次第こちらから連絡いたします——

簡潔にして男らしい声。だがどこか機械的で温か味がない。

機械的で温か味がないのは、不特定多数の人間に向って録音されているからだ。何も比呂子《ひろこ》にだけ語りかけているわけではない。

と、そう思おうとするのだが、彼女はアンサーフォンになじめない。はっきり言って嫌いだ。ダイヤルを廻《まわ》し、呼び出しが二回鳴って回線が通じ、こちらは根岸二郎ですが始まると、ちょっと気持が冷えるのだ。

根岸二郎の録音電話だけの問題ではなく、他の全《すべ》ての時も同じ生理的な拒絶反応を覚える。しかし根岸の場合はことさらにそうだ。

二人が昨夜ベッドの中でしたことや、彼が彼女にしたさまざまな愛の行為を思いだしながら、「何がこちらは根岸二郎ですなのヨ」と、比呂子は少し下品に呟《つぶや》いた。

ピーというささか興ざめな金属音がしたので、彼女は言うべきことを素早く思いめぐらせた。

「わたし。十二時前に帰ったら電話下さい。今は午後十時四十六分」

根岸二郎にというよりは、彼女もまた明らかに機械に向って喋《しゃべ》りかける声で、そう言うと受話器を置いた。

文明の利器って大嫌い。比呂子はもう一度声に出してそう呟き、薄緑色の電話機から眼《め》を背けた。

そんなふうに機械からもうひとつの機械にメッセージが送られて事が進んでいくことに、言い知れぬ不快感を覚えるのだった。その夜、根岸からの電話はなかった。

それは彼が十二時前に帰宅しなかったということだ。きっと悪友と飲んだくれて午前一時過ぎに帰宅し、アンサーフォンを聞かないで眠ってしまったのだろう。

あるいは、アンサーフォンを聞いて、一時過ぎに比呂子を叩《たた》き起すのはまずいと思ったのかもしれない。多分そんなところだろう。

翌朝の十時半に、比呂子はもう一度根岸の電話番号を廻した。普通その頃《ころ》起きだしてコーヒーを啜《すす》っている時刻だからだった。コーヒーをブラックで二杯飲み、煙草《たばこ》を一本喫《す》い、それから原稿用紙に向う。彼はフリーのノンフィクションライターである。

呼び出しが二度鳴って回線がつながった。またか、と比呂子は録音の声に対して身がまえたような気持になる。

――こちらは根岸二郎です。只今出かけています。お名前用件を信号音の後に……。

帰宅しても機械を切らずにおくことがあるのだ。それと彼は原稿を書いている間、アンサーフォンをつけっぱなしにしておくことが、よくある。かかってくる電話にいちいち出ていたら、仕事がはかどらないからだ。

——戻り次第こちらから連絡いたします。

根岸のわずかに金属音を含んだ冷たい声がして、二、三秒の沈黙が続き、ピーという音が比呂子の鼓膜に突き刺さる。彼女は受話器を耳から少し離して、その無粋な音に耐える。ピーが唐突に終る。

「もしもし、わたしよ。今十二日の朝十時半。午前中は家で仕事をしています。午後一時から七時まで二、三ヵ所取材で動く予定。夜の予定は今のところ未定。連絡下さい」

抑揚をつけずに一気に比呂子はそう言い、そそくさと電話を切った。掌《てのひら》に冷たい汗が滲《にじ》んでいた。なんだか情けないような気持。

けれどもその午前中も、根岸から連絡は入らなかった。

別に今度が初めてというケースでもない。お互い連絡不通のまま、一、二週間が過ぎるということだってある。相手を信頼していれば、その程度のすれ違いは苦痛ではない。

なのに今回はたった半日だけの電話の不通に、比呂子は神経を尖《とが》らせている。自分でもその理由がわからない。根岸に対する信頼がどうのということでもないのだが……。神経がチリチリするのだ。

仕事に出る用意が整うと、彼女はコートの袖《そで》に手を通しながら、普段はあまり使わないアンサーフォンの四角い機械を眺めた。

比呂子もまた、出版社との契約社員という立場上、半分フリーのようなものなので、アンサーフォンは必要経費で落して買い入れたのだ。

もっとも、日中の連絡は契約先の出版社で取れるようになっているから、このところあまり必要ない。根岸との連絡も、彼が比呂子の社の方へ電話をかけてくるというケースが多い。

ほんのわずかに躊躇《ちゅうちょ》して、彼女はアンサーフォンのスイッチを久しぶりにオンにし、家を出た。

二時に入っている仕事は女流作家のインタビューだった。カメラマンとその助手の三人で、約一時間のインタビューを、とどこおりなく終えると、次の仕事までの間四、五十分の時間があいた。

「まっすぐ社に帰る？」

と比呂子はカメラマンに訊《き》いた。

「うん。今ちょっと張りこんでいる仕事があってね」とカメラマンは腕時計をチラリと見た。彼はどちらかというと写真週刊誌の方で、写真を撮ることが多いのだ。

「またつまんないスキャンダルを狙《ねら》ってるんでしょう」

比呂子は顔をしかめた。

「あんまりあくどいこと、しない方がいいんじゃないの？」

「仕事だよ、仕事」

カメラマンは走ってくるタクシーに向って手を上げた。「六本木《ろっぽんぎ》方面に行くけど、きみは？」

「だったら同乗させて。四時に赤坂《あかさか》なの」

カメラマンの助手が車のトランクに道具一式をのせている間に、二人はタクシーに乗りこんだ。助手が前の席に坐《すわ》るのを待って、タクシーが走りだす。

「誰《だれ》を追いかけ回しているの、今？」

車窓の冬の街の景色に視線を走らせながら、比呂子が何気なく訊いた。

「沖美子《おきよしこ》」

「タレントか」

比呂子は、まだあどけないような顔にマドンナのように濃くメイキャップをした近頃売れっ子の女優の顔を思い浮かべて呟いた。

「で、相手は？」

「それが今ひとつはっきりしない。あの年で年増女《としまおんな》みたいに巧妙なんだ。めったなことでは尻尾《しっぽ》を出しそうにもないんだよ。しかし、こっちも長期戦を覚悟で張ってるから、そのうちに尻尾をつかまえてみせるさ」

「臭いと思ってるわけでしょ？」

「火のないところに煙はたたないってことさ」

それからカメラマンは煙草に火をつけ、

「どうやら物書きらしいっていう線までは、つかんでるんだけどね」

「物書き？　作家か何か？　有名なの？」

比呂子は反射的に質問した。

「超売れっ子で顔が知られていたら、とっくに身元が割れてるよ。そこが悩みの種さ」

「あまり知られていない作家というわけね」

神経がどこかでチリチリしてくるのを漠然と感じながら、比呂子は口の中でぶつぶつと呟いた。

カメラマンと別れて、時間潰《つぶ》しに喫茶店に入ると、比呂子は先刻のインタビューのメモを広げた。

相手の声や表情がまだ生々しく残っているうちに、印象みたいなものを書き添えておく方がいいのだ。

それにしても小説の中にはあんなにいい女が出てくるのに、女の作家に美人がいないというのは、これまたどういうわけなのだろう、などと、比呂子は少し辛辣《しんらつ》に考える。沖美子みたいな、若いくせにどこかデカダンスな美貌《びぼう》の女流作家がいたら、きっとその本はすごく売れるだろうに、とそんなことを思っているうちに、再び根岸二郎のことが気になり始めた。

店のピンクの公衆電話で念のために社に電話を入れてみた。伝言が二つあったがそのどちらも根岸からのものではなかった。

自分のアパートに電話をして、アンサーフォンのキーコールをしてみたが、入っている電話は一本もなかった。

根岸に電話を入れたい衝動にかられたが、さすがに思い止《とど》まった。考えてみればたいした用があるわけじゃない。相手がコールバックできないほど忙しい時に、ただのんべんだらりと逢《あ》いたいから、などと言うわけにはいかない。

四時の約束はスタイリストと、グラビア頁《ページ》の打ち合わせだった。スタイリストの種田《たねだ》あかねとは何度も一緒に仕事をしていて気心も知れている。

「ヌードの頁にスタイリストつけるって言ったら、うちの編集長眼をむいたわよ」

と、一通りの打ち合わせが終ると、比呂子は少しリラックスして笑った。

「どうやって説得したのよ？」

メモを大きなバッグの中に収《しま》いこみながら、あかねが訊いた。子供が一人くらい放《ほう》りこめそうな大型のバッグだった。

「正攻法でよ。スタイリストは洋服を選ぶだけじゃないって」

「そしたら？」

「裸の女が一人とベッドが一台あればいい、って言うのよ」

「でしょうね」

「じゃベッドのカバーはどうするんですか？　シーツの色とかピロケース、後ろの窓にかかっているカーテンのマテリアルなんかも、ヌードを美しくみせるために重要な小道具なんですよ、って、いちいち説明したのよ」

「ごくろうさん」

とあかねはニヤリと笑い、

「このあとも仕事？　夕食につきあわない？　ちょっと面白い店があるのよ」

と比呂子を誘った。根岸のことが頭にあったが、比呂子は気分転換に女友達と夕ごはんを食べるのもいいと思った。それで「いいわね」と賛成したのだ。

女たちは十分後、その新しく出来たブラッスリーのバーで、食前酒を飲んでいた。

「どう？　最近興奮するようなことある？」

とあかねがフローズンのダイキリに突き刺してある二本の短いストローをひねくりなが

ら訊いた。

「よくもわるくも、そんな話全然ないわね」

比呂子は少しユーウツそうに、長い髪を片手でかきあげた。

「そういえば、元気ないわね」

あかねはちらっと、比呂子の顔色を見て、眉《まゆ》を寄せた。化粧気のないさっぱりとした素顔に、男の子のように濃い眉が印象的な顔立ちだった。

「わたし？」

と比呂子は肩をすくめた。

「そうよ、他に誰と話してると思ってるの。さては、男だわね」

小気味よい音をたてて、ストローからダイキリを啜り上げながら、あかねが言った。

「どうしたのよ？　例の小説家の彼とうまくいってないの？」

「小説家じゃなくてノンフィクションの方よ」

ズバリ言われてドキリとしながら、比呂子が女友達の言葉を訂正した。

「どうでもいいじゃない。同じようなもんよ。それでどうしたの、彼？　浮気でもされた？」

悪意も他意もないのだが、そうズバリと言うのが彼女のくせなのだ。

「そんなんじゃないって。勝手に彼に浮気させないでよ。二晩前にも逢ったばかりなんだから」

比呂子はそう言って、ふっと遠い眼をした。たった二日しかたっていないのに、なんだか何週間も前のことのような気がしたのだ。

「余計なことかもしれないけど」

とあかねが少し口調を変えて真面目《まじめ》に言った。

「あんまり長引かないうちに、結婚しちゃった方がいいんじゃないの？」

「もう充分に長引いちゃってるわよ」

と、比呂子は苦笑した。根岸との関係は四年目を迎えていた。

「結婚、するんでしょ？」

「まあね」

比呂子は浮かない表情で、自分の飲みものを眺めた。

「まあね？」

とあかねは訊きとがめて首を傾けた。

「ほら、タイミングってあるじゃない、何事にも。結婚なんてその最たるものだと思うわ」

出逢った頃の一年間は、根岸はずっと彼女に求婚し続けていた。逢うたびに、「結婚してくれ」とか「俺《おれ》のカミさんになれ」とか言っていたのだ。

それは快い春の風のように比呂子の耳を吹きぬけた。

いつの頃からか、根岸の口から求婚の言葉を聞かなくなっていった。かわりにもっと切実な信頼関係が二人の間に強まっていった。

三年目を迎えた時、比呂子は二十五歳で、仕事にもいきづまっていた。というよりマンネリのように感じ始めていた。結婚か仕事かという選択が改めて問題になってきたのだ。ところがちょうどその時期に、根岸二郎の書いたノンフィクションが賞を取ったりして、彼の周辺がにわかに慌ただしくなっていったのだ。交際範囲も広がり、仕事の注文も増え、原稿の量も多くなり、飲む機会もやたらと増えだした。

自分の恋人が世間に認められ、その名が知られ、しかも良い評価を取るようになったことを喜ばない女はいない。もちろん比呂子だって自分のこと以上に嬉《うれ》しかったし、根岸二郎をどれだけ誇りに感じたか知れない。これがわたしの男なのよ、と世界中に触れ廻りたいと思ったくらいだ。

けれどもその一方、心のどこかで不安のようなものが芽生えたことも確かだ。彼がそうやって名を売り顔を広めるにつれて、自分から離れていくとはいわないまでも、比呂子だけに属するわけじゃないのだ、と認めざるを得なかった。

彼は締切りに追われ、雑誌社との約束ごとに縛られ、不特定多数の読者に属する身となったのだ。そのことの陰で、たとえようもなく比呂子は淋《さび》しかった。

もちろんそんなことは曖気《おくび》にも出したことはないが、それが女心の真情でもあったのだ。根岸二郎の仕事が忙しくなると、比呂子は彼との結婚を切実に望むようになっていった。自分の手から彼が離れていってしまうかもしれないという不安が、結婚という鎖でつなぎとめられるかのように……。

口ではそう言わないが根岸が結婚を避けたがっていることは確かだった。それは何も比呂子との問題がどうのということではなく、今仕事が面白くてしようがないからだった。比呂子にもそういう時期が前にあったから、仕事が面白くて結婚どころではないという今の根岸二郎の気持が、痛いほどわかっていた。わかっているからこそ、その話題をひんぱんに持ち出さないよう、努力しているのである。でも、彼女はもう二十六歳になっていた。

「わたし、アンサーフォンて大嫌い」

根岸のことを思うと、このところ通じない電話のことが恨めしくなり、つい唐突に比呂子はそう呟いた。

「何よ？　だしぬけに」

とあかねが笑った。

「だって、ユーモアとかヒューマンな感じが皆無なんだもの、アンサーフォンて」

「そうとも言えないわよ」

とあかねが反対した。

「わたしの知ってるあるイラストレーターだけど、三種類の声色《こわいろ》で録音してるの。その日の気分で、タケシだったり、アントニオ猪木《いのき》だったり、大橋巨泉《おおはしきよせん》だったりするの。もうおかしいったらないのよ」

思いだし笑いなのか、あかねは一人でクスクスと笑った。

「ずっと前ね、ニューヨークで仕事があった時、あちらのカメラマンと知りあったのね。電話をくれっていうんで、体があいた時してみたの。そしたらアンサーフォンだったんだけど、これがまたみごとにケッサクで感激しちゃったわよ」

「ふうん。どんなふうに？」

比呂子も思わず身を乗りだした。

「――あなたの甘い唇を、もう少し受話器に近づけて、僕にやさしいメッセージを――。これね、一九五〇年代くらいにむこうですごく流行したカントリーウェスタンのラヴ・バラードの歌詞なのよ。知ってる人は知ってるから、そこがなんとも愉快なわけ」

「で、どうしたの。そのカメラマンと？」

「もちろん、思わずやさしいメッセージを伝えてしまったわよ」

それを聞くと、比呂子の胸に後悔のような思いが広がった。やさしいメッセージか。このところ柔らかい表現で根岸と話すこともない。電話なんてとくにそう。用件だけそっけなく伝えるだけである。

「ちょっと待っててくれる？」

だしぬけにそう言うと、比呂子は椅子《いす》を引いて店内の電話を探しに行った。

電話は店の中ほど、トイレの近くにあった。もどかしい思いでダイヤルを廻した。

——こちらは根岸二郎です。……——

じりじりしながらピーという音が終るのを待って、比呂子は呼吸を整えた。

「もしもし、比呂子です。連絡ないんで淋しく感じてる比呂子です。なんだか急に肌寒く人恋しい冬の気分の比呂子です。一日も早く結婚しちゃいたいなんて、本気で思っている比呂子です。お電話ください」

比呂子はそっと受話器を掛けると、少し感傷的な気分で店内を見廻した。


あかねと夕食を共にして、ピアノバーでかなり飲んだので、帰宅したのは深夜に近かった。自分の部屋に入るなり、比呂子は真先にアンサーフォンを巻き戻した。

ピーという音のあと、誰かが受話器を置く微《かす》かな気配。沈黙。それからまたピー、また沈黙。アンサーフォンだと途中で切ってしまう人がよくいるのだ。

「もしもし、俺、根岸です」

闇《やみ》の中から突然響いてくるような、彼の声がした。比呂子は思わず電話の前に坐りこんで聞き耳をたてた。

「――このところすごく忙しいんだ。いずれまた逢って話そう。じゃおやすみ」

ぷっつりと声が途切れた。すごく忙しい？　そんなことわかっている。でもこれはさっきブラッスリーからかけた電話の返事としては、あまりにもぶっきら棒だ。比呂子はかっとして、根岸の番号を廻した。

――こちらは根岸二郎です。……――

やさしい言葉のひとつくらい吹きこんでおいてくれてもいいじゃないか、と比呂子の胸が騒いだ。こっちは恥をしのんで求婚めいた言葉を録音しておいたのに。ピー。

「わたしよ、比呂子。いずれまた話すって、いつのこと？　ずいぶん冷たいのね。わたしもう二十六よ。四年間もあなたにささげてきたのよ。これ以上待てないわ。何時《なんじ》でもかまわないから、今夜中に電話をちょうだい。あなたを愛しているわ」

口の中が苦い味がした。比呂子はベッドにもぐりこみ、うつらうつら彼からの電話を待った。電話はなかった。

翌朝は十時に印刷所へ廻らなければならなかった。アンサーフォンをオンにして、比呂子はアパートを後にした。胸の中が熱砂をばらまいたようにザラザラしていた。

社に出たのは、午後一時を過ぎていた。社内がざわついている。写真部の方角で何人かが集まって話しこんでいる。写真週刊誌の特種か何かをつかんだのだろう。

どうせロクなことではない。またしても芸能人の誰かが血祭りにあげられるのだ。

比呂子は腕時計を眺め、それから電話を取り上げて自宅のダイヤルを廻した。

「――こちらは明石《あかし》比呂子です――」

自分の声を聞くのは、いつの場合もすごく嫌なものだ。なんだか間のぬけた声。やがてピーが鳴り、少しの沈黙。誰かが受話器を置く音。ピーが続く。

比呂子は耳に受話器を押しあてながら、社内をそれとなく眺めた。昨日一緒に女流作家を訪ねたカメラマンが興奮した面持ちで、片手に大きく伸ばした写真を手に歩いてくる。その前後をやっぱり興奮気味の編集者が取りまくようにして、会議室に向っている。

「――あ、私よ、あかね。昨夜はごちそうさま。あなたにおごってもらうつもりはなかったんだけど。今度おごりかえすわ。まずはお礼の一報と思って。またね、さよなら――」

沈黙。そしてピー。

背後を慌ただしく行く男たちの声がする。

「確かそいつは去年だったか、賞を取ったんじゃなかった？」

「今売り出し中の男だよ。なかなかいい男だから、写真的には成功だな」

ピー、という音でわれにかえる。

「もしもし、こちら月刊モーニングの白木《しらき》ですが。ちょっと頼みたいことがありますから、電話を下さい」

アンサーフォンに電話が入る時は十本くらい入っていたりするのだ。カメラマンが通りすがりに、比呂子を見てニヤリと笑って、片手に持った写真をヒラヒラしてみせた。

「やったの？」

と耳に受話器をあてながら、比呂子がVサインを作ってみせた。

「ああ、やった、やった。ついに沖美子がボロを出したよ」

「相手はどんな人よ、見せて」

比呂子がふと手を伸ばした。カメラマンたちが彼女の後ろで立ち止った。

「──あぁ、もしもし、GP企画の山中《やまなか》ですが──」

カメラマンが写真を比呂子のデスクに置いた。沖美子の濃いメイクをほどこした顔が、ひどく驚いたように歪《ゆが》んでいるのが、真先に眼についた。次に比呂子の視線はタレントの横の男の顔に吸い寄せられた。

「根岸……」

と呟いたきり比呂子は絶句した。

「知ってるの？　きみ」

カメラマンが顔を輝かせた。

「そいつはいい。ちょっとこいつの情報が足りないんで頭を痛めてたんだ」

編集部の男が比呂子の肩に手を置いた。

「そんな電話後にして、ちょっとこっち来て話してくれないか」

男たちが騒然とした感じで彼女を取り巻いていた。比呂子は食い入るように写真をみつめたままだ。

根岸二郎の顔にもまた驚いた表情が刻まれている。片手でしっかりと沖美子の肩を抱きかかえているポーズ。まるで彼女を守るかのように。背後にフィアットの赤いスポーツカーが見える。根岸の車にまちがいない。

「これ、どこで撮ったの？」

自分でも意外なほど落ち着いた声で、比呂子はカメラマンに訊いた。

「沖美子のマンションの前さ」

ピーという音がして、比呂子は受話器の方に神経を集中した。

「——もしもし、俺——」

比呂子の心臓がはね上がる。

「根岸。悪いけど、ああいう電話はやめて欲しい。感情的になっているのはわかるけど——」

比呂子は眼の前に置かれた根岸とタレントの顔を見ていた。根岸の声が続いている。

「——いずれにしろ当分、結婚はしないつもりだ。君をしばるつもりもない。きみがこのままで嫌だというのなら、仕方がないよ。別れよう——」

比呂子の顔がみるみる青ざめる。タレントの若い女と根岸が、ふやけたようにゆらゆらと揺れてみえる。それでも彼女は自分が泣いていることに気づかない。

男たちが困惑したように顔を見合わせていた。

「あっちの会議室に行っているよ」

とカメラマンが気をきかせて、彼女の前から引きのばした写真を取り上げた。男たちががやがやと移動して行く。

電話はとっくに沈黙していた。それでもずいぶん長いこと比呂子は受話器を握りしめて耳に押しあてていた。

納得いかないこと夥《おびただ》しいのだった。なぜなら、機械が喋っているのだ。根岸二郎ではなく、アンサーフォンという機械が、彼女に別れを宣告したのだ。

比呂子は、重い錨《いかり》でもおろすかのように、ようやく受話器を置いた。

会議室の方から、緊張した気配がしていた。彼女は考えをまとめようとして、髪の中に指を差しこんで、頭を揉《も》んだ。血がざわめいて吐き気がしていた。なんだか怖《おそ》ろしいことが自分の身に起ったことだけは確かだが、まだその実感がなかった。彼女は混乱したまま、

「アンサーフォンて、大嫌い」

と、小さく呟いた。

6：30 PM 成田発

こちらの短編には、動物に対して不適切な表現があります。しかし著者が故人であることから、その表現の意図を尊重し、そのままにしております。

今朝は全《すべ》てが違って見えると、史子《ふみこ》は感じた。これで見納めなのかと思うと、壁の絵や居間の置物までが、自分に対してよそよそしく見えるのだ。

室内は暖房で暖かく、窓からは朝日が射《さ》しているのに、すきま風が通りぬけるような感じ。どこか他人の居間のような気がしないでもない。

「今夜、少し遅くなる」

と夫の圭介《けいすけ》が、朝刊から眼《め》を上げずに言った。

「今夜も？」

そう言ってしまってから、史子は自分の冷静さにちょっとたじろいだ。今夜夫が何時に帰って来ようと、もう自分には関係ないのに。最後の最後まで日常線上の演技を止《や》めない自分という女を、史子はどこかで少しもてあましていた。

「仕事だ」

朝刊の頁《ページ》をめくりながら、夫は言った。

「何も別に、無理に仕事にかこつけなくたっていいわよ」

夫が何時に誰《だれ》と飲んで帰ろうと、あるいはそれは口実で女とホテルで過ごそうと、そういうことは実にもうどうでもいいことであった。

それにもかかわらず突っかかってみせるのは、今朝だけが、普段の朝と違うように、夫に思われると困るからだった。

「無理に仕事にかこつけているわけじゃない。おまえの考えていることくらいこっちにもわかるが、くだらんよ。くだらなくて言い争う気にもなれん」

眼はあいかわらず新聞の上だ。いっそのこと、本当のことを全て吐きだしてしまいたい気がする。何もかも一気に、ゲロのように、夫の顔の上に吐きだしてしまったらどんなに気持がいいかしれない。

男がいて、週に二回ずつ愛しあっていること。男は史子よりも六歳年下の獣医の卵で、もうそういう関係が一年半も続いている。彼はあのことを、一度に二回もやれて、二回とも確実に彼女に絶頂感を授けてくれる。ああいうことは年をとれば上手《うま》くなるものなんかではないということを、夫に言ってやりたい。ぜひとも言ってやりたい。つまりあなたは私のせいにするけど、本当はあなたが、単に下手くそなのだ、とそう夫に言ってやりたい。

「何か、言ったか？」

と圭介が経済の頁から、初めて眼を上げて、怪訝《けげん》そうに妻の顔を見た。

「え？　私、何か言った？」

史子はわずかにうろたえた感じでそう訊《き》き返した。

「変だぞ今朝は、おまえ」

「そんなことないわよ」

と、史子は朝食の後片づけを始めながら答えた。

「ちゃらちゃらと浮ついている奴《やつ》らとつきあってるからじゃないのか？」

夫の声が背中に飛んだ。

「奴らって満子《みつこ》や智子《ともこ》たちのこと？」

「そいつらも含めてさ」

「他にもいそうな言い方ね」

「現にいるんじゃないのか、若いのが」

ギクリとして、史子はコーヒーカップを取り落しそうになった。もしかしたら夫は全然別のことを言っているのかもしれないから、下手に言い訳に出るとヤブヘビになりかねない。やけにドキドキと鼓動を打つ心臓をもてあましながら、史子は体勢をたて直した。無視することだ。聞こえなかったふりをすること。

「満子の話が出たんで思いだしたんだけど」

と水道の水を必要以上に流しながら、史子はさりげなく声を張り上げた。

「あそこ、ニューヨークに転勤になるらしいわ」

しかし夫の反応はない。仕方なく史子は続けた。

「だんなが先に行って、三ヵ月してから満子や子供たちも移るらしいの。早くても五月か六月ね」

夫が話を全く聞いていないのがわかっていても、史子は更に続ける。

「あっちの学校の新学期は、九月からじゃない。ニューヨークに行くとほとんどすぐに夏休みになるんで、逆にあの国に慣れるためには、その方がいいって、満子は喜んでいるのよ」

新聞をガサゴソとたたむ音がして、夫が隣の部屋にコートを取りに立って行く気配がした。

「ひとの話なんて全然聞いてもいないんだから」

とその背中に史子は一言浴びせかけた。返事はない。虚《むな》しさが、煙のように史子の躰《からだ》の中のあらゆる空洞にたちこめた。

「彼女がいなくなると、私たちグルメの会も自然消滅よ。智子は二人目がお腹《なか》にいて、それどこじゃないし」

夫はコートを玄関に置いてから、トイレに入った様子だった。史子は声を落して、囁《ささや》くように呟《つぶや》いた。

「もっともあたしだって姿をくらますわけだから、人のことは言えないわけよ。ご存知《ぞんじ》ないのは亭主ばかりなり。驚くなかれ、駆け落ちですよ、駆け落ち。六歳も年下のハンサムボーイと恋の逃避行」

　水洗の流れる音に続いて、トイレのドアが開いた。

「そんなわけだから、東京も淋《さび》しくなるわ」

　と史子は一段声を張り上げた。

「おまえまだ、その満子とかいう女友だちの話をしてるのか」

　圭介はちょっとあきれたようにそう言って、靴をはき始めた。

「鍵《かぎ》、持ってる？」

　と史子は咄嗟《とっさ》に訊いた。

「鍵？　持ってるさ、いつだって。何でそんなことを訊く？」

「別に。ただ訊いただけ」

「では出かける」

　と言って、圭介はドアを押した。

「あんまり遅くならないでよね」

「へぇ、どうしてだ？」

　いかにも人を小馬鹿にしたように、圭介が首だけねじむけて妻を見た。もしかして、この人、何もかも知っているんじゃないかと、一瞬史子はギョッとした。そんな感じの夫の眼の色だった。

しかし次の瞬間、圭介はドアの向う側に消え、ドアがゆっくりと閉じた。

不安で、躰が少しぐらりとした。最後に見せた夫の眼の色が気になった。それから、さりげなく口にした言葉――現にいるんじゃないのか、若いのが――。

それとなく勇《いさむ》の存在に気づいていたのだろうか？　知っているとしたら、どこまで知っているのか？　それだけなのか。今日の夕方、成田《なりた》から飛び立つ予定についてまでは、まさか知るまい。しかし知らないとしたら、あの出がけの眼の色はどういう意味なのか？　史子はすっかり困惑して、夫の出かけてしまった後の室内で、束《つか》の間《ま》立ちすくんだようになったのだった。

やがて気を取り直すと、彼女は押入れの奥に隠しておいた小型のスーツケースを取りだして来て、中味を点検した。

四泊五日のグアム旅行にしては、荷物が多いのは、その後そのまま勇のマンションに転がりこむつもりだったから、冬物のセーター等が数枚入っているせいだった。

駆け落ちをするのだから、できるだけ着のみ着のまま、躰ひとつで男のもとへ行くのが、筋のような気がするのだ。

グアムから戻った後のことは、あまり考えたくなかった。とにかく家を出てしまうこと。決行してしまうことである。それからのことは、その後に考えればいい。仮にも結婚している女が、若い男の許《もと》に奔《はし》るという決意をするのに、どれだけ悩んだか知れないのだ。決心するまで毎日毎日、半年も迷い続けての結果なのだ。

いったん心をきめてしまうと、とたんに気持が楽になった。ひらき直りの心境で、夫とも冗談が言えるようにもなったくらいだ。

スーツケースを閉じ、小型のバッグの中味に眼を通していると、電話が鳴った。

史子は、じっと鳴り続けている電話をみつめた。

――何か変更でもないかぎり、当日になって電話をしないでちょうだい。――そう固く勇に約束させたのだ。

――絶対よ。その日になって電話でキャンセルなんて言われたら、私きっと破裂しちゃうわよ。

――そんなことするわけがないだろう。それより史子さんの方こそ、電話で気が変ったなんて、言って来ないだろうね。

――死んでも言わない、そんなこと。

当日になったら、絶対に電話しあわないこと、電話はキャンセルの場合のみ、という固い約束ができていたのだ。

電話はまだ鳴り続けている。ヒステリックに鳴り叫んでいる。史子はこわごわ器械をみつめたまま、金縛りにあったように身動きができない。

十五、十六、十七回と鳴り続ける。もしもそれが勇からだとしたら、悪い知らせだ。でなければこれほど執拗《しつよう》に鳴らせることもあるまい。

勇からでないとしたら、一体誰がこんなにしつこく呼び出し音を鳴らし続けるのだろうか。

なんと三十六回鳴って、その電話はふっつりと途切れた。とたんに、ガックリと史子は床に膝《ひざ》を落して坐《すわ》りこんだ。

考えれば考えるほど、物事を悪く考えてしまう。あの電話は勇からなのに違いない。あの人は土壇場になって気が変ったのだ。冷たい汗が脇《わき》の下に滲《にじ》んだ。

全てを賭《か》けていたのに。何もかも捨てる決意をしたのに。もうすでに捨ててしまったものなら、後悔のしようもある。だが、まだ何も始まってもいないのに、始まる前に芽をつみとられてしまうのは、あまりにも辛《つら》かった。

でも、まだだめときまったわけではない、と、史子は自分に言いきかせた。さっきの電話が勇からだと言いきることはできない。実家の母からかもしれないし、夫だったかもしれない。そう無理矢理に言いきかせて、電話の前を離れかけたとたんに、またしても鳴りだした。

今度は十六回で切れた。史子は喉《のど》の渇きを覚えて、水道の蛇口からじかに水を飲んだ。

そして三度目の電話。もうそれが限界だった。史子は意を決すると、大股《おおまた》に歩いて行って受話器を取り上げた。

「もしもし」

「僕だ」

と圭介の声。安堵《あんど》のあまり史子はぺたりと尻《しり》から椅子《いす》に坐りこんでしまった。

「なんだ、あなただったの。どうしたのよ?」

「なんだはないだろう。愛想がない女だな、おまえも。用があるから電話したんだ。兄貴のところに五千円振り込んでおいてくれないか。嫁さんの伯父さんだかが亡くなった時、香典をたてかえてもらっていたことを忘れてたんだ」

「わかったわ。振り込んでおきます」

「頼む。ああそれから、今夜の約束がキャンセルになったから夕飯は家で食うよ」

「え?　夕食いるの?」

と思わず声が尖《とが》った。

「遅いと言えば膨れるし、早く帰ると言うとこれだ。勝手な女だ」

と圭介が電話を切る直前に、史子は質問を滑りこませた。

「その件で、さっきから電話してたの?」

「さっきから?　いや僕じゃないよ」

と夫は無造作に答えた。眼の底が暗くなり、口の中に嫌な苦い味が広がるのを史子は感じた。

「どうかしたのか」

と夫が訊いた。

「ううん、いいの。じゃ」

と史子はあわてて受話器を置いた。

――当日電話しあうとしたら、キャンセルの電話だけよ。もちろん、キャンセルなんて夢にも考えなかったから、そんな約束を交わしたのだ。

でもどうして今更？　悪い方へとばかり考えがのめりこんでいく。どうして気持が変ったのだろうか。

このまま成田へ出かけて行って、ＪＡＬのカウンターの前に彼が現れなかったら、どんなに惨めなことだろう？　どんなにか自分は傷つくことだろう。もう決して立ち上がれないかもしれない。

飛行機は六時半成田発の予定になっていた。よりにもよって、夫が早く帰ると言って来たことも、史子の胸をざわつかせた。金曜日の夜に夕食に帰ったことなど、この何年か皆無だった。特に浮気の相手ができたこの一年半ほどは、金曜は真夜中過ぎなければ帰宅しなかったのだ。

そんなこともあって、勇との逃避行を金曜日の夕方の便にきめたのだ。

もっとも飛び立ってしまえば、夫が何時に帰って来ようと、帰って来ても妻もいず、夕食の仕度ができていなくて、彼がどんなに腹を立てようと、もう史子の知らないことである。無事飛び立ってしまえば、問題はないことだった。

けれども、成田まで出かけて行って、もしも勇が現れなかったとしたら、スーツケースを下げた姿で、どうしておめおめと夫の待つ家に戻れるだろうか。想像しただけで史子は躰が冷たくなるのを感じた。

もうこうなったら、約束のことなんてどうでもいい。何がなんでも勇に連絡を取って、最後のダメ押しをしなければならない、と思った。

時計を見ると、まだ十時になっていない。勇は昼頃大学に行き、二、三時間授業をとってからそのまま成田へ廻《まわ》ると言っていたから、今ならまだつかまるかもしれない。史子は電話に飛びつくと彼の電話番号を廻した。

呼び出しが五回、六回と続いたが誰も出ない。どうか勇ちゃん出てちょうだい。史子は受話器を握りしめて祈った。十一回、十二回、十三回と呼び出し音が続いた。彼はもう出かけたのだ。史子は喉がカラカラに渇くのを覚えた。

二十回鳴るのを数えて、彼女は受話器を置いた。

時間が恐ろしいほどノロノロと過ぎた。一時間おいて、もう一度勇に電話をしてみたが、結果は同じだった。

家の中にじっとしていると発狂しそうだった。圭介に頼まれた銀行振込みに、史子は駅前の銀行まで出かけ、それがすむと、夫の夕食の買物をした。半ば、上の空であった。時間がたつほどに、あの電話が勇からのものであるということは、疑う余地のないことのように思われた。で、なければ、三十回も執拗に呼び出しを鳴らし続けるわけはない。なぜ彼は、決行の日になって心変りなどしたのだろうか？　急に怖くなったのか。責任の重さに耐えられなかったのか。二十四歳という勇の年齢を思えば当然のことかもしれない。だからこそ、あんなに時間をかけて、お互いの心を確かめあったのに。

彼の方が積極的で、史子の方がずっと逃げていたのだ。

「今のままでいいじゃないの」

と史子は何度も言ったのだ。

「きみは今のままでいいのか」

と勇は質問に質問で答えた。

「だってそのうち、勇ちゃんはいいところのお嬢さんとお見合いすればいいのよ」

半ば本気で、半ば彼を試すつもりで、史子はそう言ったこともあった。

「本当にそう思っている？」

そう訊き返した時の勇の傷ついた眼の色を、史子は忘れない。

「そのうち、きっと誰か若い女の子に恋して、私は捨てられるわ。だから今のままでいいの。今のままなら、私、失うのはあなただけだから」

そう口に出しては言ったが、勇を失うということは、史子にとって全てを失うことと同じことだった。家庭も家も夫も何もかもとひきかえにしても、勇の方が欲しかった。けれどもそんなことは、史子には言えなかった。すると、勇がこう言ったのだ。

「だけど僕は、誰かに属している女と、命がけで恋愛なんてできないよ。それに僕は、自分が心から好きな女に、不倫のレッテルを貼《は》り続けておくのは耐えられないんだ。きみをすっかり僕のものにできないのなら、この際、すっぱり諦《あきら》めた方がどれだけいいかしれない」

それが、若さゆえの残酷な優しさであることに、勇は気がつかない。愛という名のエゴイズムによって、史子を追いつめていることを、若い男は知らない。

そして史子は、年相応に彼よりも多くのものが見えているのにもかかわらず、そのようにして追いつめられ、残酷な優しさで揺すぶられることに、内心激しい喜びを感じずにはおれない自分を発見して、愕然《がくぜん》とするのだった。

結婚によって死んでしまった彼女の中の青春が、再び輝きだすのを感じた。

そのように、若い男から激しく求められることによって、彼女もまた、彼から逃れられなくなっていったのだった。

二年で勇に捨てられるかもしれないけれど、その二年のめくるめくような愛となら、今の生活をひきかえにしても、余りあるような気がするのだった。

今の生活——。多分ひとは安定した幸福な家庭と呼ぶのかもしれない。夫婦が二人で住むには充分な広さの、日当りのよいマンションに車が一台。女友だち。読書三昧《ざんまい》の日々。そして妻に無関心な夫。

楽しかったのは、新婚のうちのほんのわずかな間だけだった。性愛が、まだ新鮮なものに感じられる短い期間だけ、夫は史子に興味を示した。

飽食の後、彼は無関心になった。もう毛糸の玉にじゃれることをしなくなった大人の猫のように、彼は冷たくなった。さんざんもてあそんだ毛糸玉に、何の興味も示さず、無表情で通りすぎる様は、ほんとうに薄情な猫に似ている。猫の夫。

無関心な夫と共に生きていく唯一の方法は、自分もまた彼に対して無関心になることである。でなければ、とじこめた内部の怒りで、自滅してしまう。自分の中にくすぶった怒りの黒煙で、自家中毒を起してしまう。

相手に多くを期待しなければ、裏切られるということもない。日々は、激しい喜びもないかわりに、激しい失望もなく淡々と過ぎていく。それでよかったのだ。勇が現れるまでは。

彼は忽然《こつぜん》と現れた。仔犬《こいぬ》を抱いて。二人とも雨に濡《ぬ》れていた。勇も仔犬も。

少年みたいなすべやかな頬《ほお》をして、しゃがみこんだ姿勢のまま、傘をさしかけた史子を見上げた。仔犬も同時に、史子を見上げた。四つのよく似た眼が史子を見上げた。

思わず史子は笑ってしまった。ずいぶん長いこと、そんなふうに笑うことがなかったので、彼女は自分の顔に刻まれた笑いを、どうしめくくっていいのかわからなかった。

「捨て犬？」

と彼女は訊いた。

「そうみたいです」

睫毛《まつげ》までが雨に濡れて、水滴を宿していた。

「その仔犬どうするの？」

なんだかせつないような気がして、史子は二人の上にかがみこんだ。仔犬と、その青年の上に、まるで何かから守るかのように、傘を深々と差しかけた。

「どうしよう」

と彼は肩をすくめた。

「怪我《けが》をしているわね」

「それは何とかなるけど」

と、前肢《まえあし》の骨の具合を確かめる手つきから、史子は、

「獣医さん？」

と思わず訊いた。

「まだ勉強中です」

濡れた青年からは、若い獣の匂《にお》いがしていた。けれども、それは決して不快ではなかった。

「可愛《かわい》いのね」

と史子は仔犬の頭に触れた。

「飼ってくれますか？」

青年はまたしても、斜め下から濡れた視線で史子を見上げた。誰だって嫌だとは言えない濡れた視線で。

「困ったな」

と呟いたけど、心はきまっていた。

「いいわ。飼うわ」

濡れそぼった顔に光が射した。

「折れている肢に、添え木をしなくちゃいけない」

と彼が言った。

「じゃ一緒に来て。家は近くなの」

それが勇との出逢いだった。

風呂場《ふろば》の、風呂のふたの上で、仔犬の手当てをしながら、勇が言った。

「鎖骨も折れているから、内臓もやられているかもしれない」

「死ぬの？」

「そんなことはないと思う」

そして一応の手当てが終ると、何かあったら電話をくれれば、必ず看《み》にくると約束して、コーヒーでもと引き止めたが、帰って行った。

仔犬はその夜に死んだ。どこかが痛いのか鳴き声をあげつづけたので、酔って帰った圭介がうるさいと蹴《け》って、それきり鳴かなくなったと思ったら、死んでいた。

「怪我して苦しんでいたのよ。小さな動物になんていうことを……」

と呆然《ぼうぜん》としている史子に、夫は言った。

「かえっていいことをしたくらいだ。苦しみをひと思いに終らせてやったんだ」

翌日、史子は勇に電話をして、仔犬の死を知らせたが、夫が蹴ったことは言わなかった。

「引き取りに行きます。困るでしょう」

と勇が言った。

勇は、それは優しく仔犬の死体を扱った。それを見て、史子は思わず泣いた。

「すみません。すぐ死ぬような仔犬を押しつけて」

勇は困惑したように呟いた。

「違うのよ」

理由が言えなくて、ますます泣きじゃくりながら史子は首を振った。

それから数日して、勇から電話があった。

「元気になりましたか？」

と彼が訊いた。

「ええ。でも何だか淋しいわ」

そして、史子は続けた。「来てくれる？」

電話の向うでわずかに沈黙して、やがて勇が答えた。

「行きます」

その日、二人は愛しあった。彼は史子を、傷ついた仔犬を扱うように、愛した。だから、二年で愛の日々が終ってしまってもかまわないのだった。勇と、朝から晩まで一緒にいられたら。彼と同じベッドで眼を覚ますことができるなら。

気がつくと四時だった。今すぐに出れば、六時半発のＪＡＬの便にギリギリ間に合う。史子は玄関に置かれたスーツケースをみつめた。そして彼女は成田に向うかわりに、夫の夕食のおかずを作り始めた。

居間の方で電話が鳴っていた。時計を見ると六時半ちょうどだった。史子は凍りついたように鳴っている電話を眺め、それからゆっくりと受話器を取り上げた。彼女の中で何かが切れてしまって、動作はぎこちなかった。

「もしもし、青木《あおき》です」

「……」

「どなた？」

沈黙の気配から、相手が勇だとわかった。

「勇ちゃんね。今どこなの？」

自分でも意外なほど落ち着いていた。

「うちさ。うちにきまってる。朝からずっとうちにいたよ」

「え？　朝からずっと？」

史子ははっとして受話器を握りしめた。

「じゃどうして、電話に出なかったの？　何度もしたのよ」

「きみからだと思ったから、出なかった。出るわけないだろう。そう約束しただろう。当日は電話は絶対にしないって。する時はキャンセルの電話だって。だから出なかった。言い訳は、聞きたくなかった」

「だってあなた、十時頃私に電話してきたでしょうが。三十回も呼び出し鳴らしたでしょうが」

悲鳴のように響く声で、史子が言った。

「そんな電話、俺しないよ」

「嘘《うそ》よ」

語尾が哀れにも動物が吠《ほ》えるような声になった。

「あなたじゃないっていうの？　じゃ誰なの？　誰があんな電話して来たの」

「知るものか。しかし俺じゃない」

遠のいた感じの声で、勇が言った。

「私、あなただと思ったのよ。あなたがやっぱり気が変ったんだと思って、恐くて恐くて出れなかったの。それで確かめたくなって、後で何度も電話したの」

言い訳がこれほど虚《うつ》ろに響くことはなかった。口から言葉が出て行くたびに、ボトボトと地面に落ちていくような気がした。

「俺じゃない。電話なんてしてない。しかし、もういいよ、済んじまったことだ」

「今何て言った？」

「電話したのは俺じゃないって言ったのさ」

「その後よ」

相手が黙った。そして言った。

「終った。そうだろう」

深い溜息《ためいき》をつくような声だった。

「やり直し、きかないの？　誤解だったじゃないの。誤解だったたって、お互いにわかったじゃない」

また勇が黙った。それから言った。

「やり直し、きかないよ。終ったんだ。きみにもそれがわかっているはずだよ。疲れたよ」

長い沈黙が流れた。

「そうね。疲れたわね」

そう史子が言った。その時玄関で物音がした。

「電話、切るわ」

「ああ」

さよならもなかった。史子は相手が切るのを待って受話器を置いた。

「なんだこれは？」

と玄関先のスーツケースを横眼で見て、圭介が言った。「まさかこれから駆け落ちでもしようっていうんじゃないだろうな」

「と思ったんだけど止めたの」

自分でも驚くくらいサバサバと史子が言った。

「嘘つけ。駆け落ちしようにもオバハンじゃ相手がいないよ」

と圭介は洟《はな》も引っかけなかった。

「知らぬは亭主ばかりなりよ」

と言って、史子はヨイショとスーツケースを運ぶと、押入れの中に押しこんだ。とたんに哀《かな》しみが堰《せき》を切って彼女の内側から流れ出した。

居酒屋にて

坐《すわ》ったまま大きく伸びをして、鳴海《なるみ》は煙草《たばこ》を一本口の端に押し込んだ。

そのまま火もつけずに、ぼんやりしている。活字を読み続けた両の眼《め》がしょぼしょぼする。そろそろ眼鏡の度数を変えなければならないな、と思い、なおもそのまま焦点の合わない視線を室内の一点に向けていた。出版社の週刊誌編集部は夜の方が人員がそろっている。それに人の出入りも激しい。

「先輩、ライターですか」

という声と共に、カチリと音がして鳴海の鼻先に火が差し出された。

「ん、ありがとう」

と煙草の先に差し出された火を移しておいて、鳴海は眼を上げた。芸能関係の記者をしている村井克二《むらいかつじ》だった。

「今帰ったの?」

鳴海は、その後輩の浅黒くひきしまった顔から、すぐに視線を逸《そ》らせて訊《き》いた。

「いや。二時間前に戻りましたよ。そろそろ帰ろうかと思って」

腕時計を見ると、九時に近かった。眼が痛くなるわけである。

村井が、それではと背中を見せて行きかけた。

「村井くん」

「は？」

「他に予定がなければ、一杯飲んでいかないか」

「そうですね」

と村井は足を止めた。

「しかし、無理しなくてもいいよ」

「別に無理はしませんよ。いいでしょう、飲みましょう」

村井が気分良く承知したので、鳴海は眼鏡の中で二つ三つ眼を瞬《しばたた》いて立ち上がった。

『居酒屋』という名のバーのカウンターに並んで止ると、鳴海が言った。

「きみが簡単に承知するとは思わなかった」

「何のことですか」

店内の様子を眺めながら村井が訊き返した。

「だからさ、こうして飲むことさ」

「どうせチョンガーの身ですからね、ひまと肉体をもてあましていますよ。もてあますほどないのは金だけです」

「チョンガーとはきみも古いね。最近じゃきみのような男のことを独身貴族っていうんだろう」

バーテンダーが注文を聞きにきたので、鳴海は会話を中断した。彼はウィスキーの水割りを頼んだが、村井は焼酎《しょうちゅう》のお湯割りを注文した。

「そうだ、ウメ干しある？　あったらひとつ入れてよ」

と、彼は言い足した。

「ウメ干しなんて入れて、どうした？　胃の調子が悪いの？」

「疲労がたまったようなたまらないような」

村井はあいまいに言った。

「スポーツがいいよ、スポーツが。若い者は外へどんどん出て駆け廻《まわ》った方がいいんだよ。こんなバーで飲んだり、ひとのカミさんの尻《しり》を追いまわしたりしないで、バーベルでもなんでも上げればいいんだよ」

「ちょ、ちょっと待って下さいよ、先輩」

と村井は口を尖《とが》らせた。

「こんなバーっていうけど、誘ったのは先輩ですよ。声をかけておいて、それはないでしょう」

「ま、そうカリカリするな」

眼の前に出されたグラスに手を伸ばしながら、鳴海は落ち着いて言った。

村井は多少憮然《ぶぜん》とした様子で、熱いグラスを手にとると、乾杯の仕種《しぐさ》のようなことをしておいて、口に近づけた。グラスの底に赤いウメ干しがひとつ沈んでいる。

「それに」

と村井が思いだしたように続けた。

「ひとのカミさんて、どういう意味ですか」

「気にするなって」

「誰《だれ》がひとのカミさんの尻を追っかけ廻したって？」

「単なる言葉の綾《あや》じゃないか。あるいは推測さ。今日び、そんなことは珍しくもなんともないご時世だよ。それともなにかい、そんなにムキになるところをみると、案外ズボシだったのかな」

鳴海はそう言って眼鏡を外《はず》すと、ポケットから専用の小布を取りだして、曇りを拭《ぬぐ》い始めた。

「嫌味だなあ。どうしてこんな話になるんですか」

村井はブツブツ言いながら、熱い焼酎を啜《すす》った。

「ひまとその若い肉体をもてあましているっていうからさ。スポーツでもやりたまえと忠告しただけさ」

「だからそれが何で他人のカミさん云々《うんぬん》の話になるんですか」

「いいのかね」

「何がですか」

「強がるのもいいがね、ヤブヘビになるぞ」

「何のことですか」

村井の表情が硬張《こわば》った。それを見ると鳴海は話題を変えた。

「こだわるなよ、それよりあの件はどうした？　きみが追い廻していたスキャンダル。記事になりそうか」

「それが大失敗でしてね」

とまだ少し釈然としない声で、村井が応じた。

「すいません、水割りもう一杯」

鳴海はバーテンダーに言っておいて、

「大失敗って？」

と村井の横顔を覗《のぞ》きこんだ。

「どうも相手に張り込みがバレてたらしいんですよね」

「そいつはドジだな」

「そんなことを言うけど、念には念を入れて、ずいぶん注意したんですがね。三日目までは気づかずにいたことは確かなんですよ。その三日のうちに尻尾《しっぽ》を出してくれれば、こっちとしては言うことはないんですがねえ」

「一体どこで張りこんでた？」

「ホテルの相手の部屋の斜め前に一室取りましてね」

「一週間もかね」

ざっと計算しただけでもホテル代が十四、五万になる。

「わかってますよ、鳴海さんの考えていることぐらい」

と村井は眉《まゆ》を寄せた。

「一週間張りこんで、ネズミ一匹出なかったってのか？」

「途中でこっちの動きに気づいたらしくてね」

「用心しちまったのか」

「というより、逆手を取られましてね、攪乱《かくらん》戦術をとるんですよ。急に人の出入りが激しくなりましてね。次から次へと、三人、四人と出たり入ったりする。そのたんびにこっちはバチバチ撮りまくったんですがね、誰が本命だかわかるわけないですよ。敵も頭が良くてね。男と二人だけで並んだ写真てのがただの一枚もない」

「どうしてバレてるってわかったの？」

「七日目にね、弁当の差し入れと、花束が届きましたよ。ごくろうさまって一筆添えて」

「誰から？」

「だから当の相手。一週間張りこんでいた女流のミステリー作家です」

「美人なだけでなく、頭もいいな。それにユーモアもある」

「そんな、感心しないでくださいよ。こっちは取材費がかかりすぎた上に、何も出なかったって、上の方から大目玉ですよ」

「それでくさってたのか、このところ。泣き面《つら》にハチだな」

村井も焼酎のおかわりを、バーテンダーに頼んだ。

「泣き面にハチですか」

怪訝《けげん》そうに彼が顔を上げた。

「そうだよ。悪いことは幾つも重なるもんだな」

「悪いこと？」

二人の視線が出逢《であ》って、すぐに外《そ》れた。

「最近、わけありの女に深入りしすぎてるんだろう」

横で村井の躰《からだ》が硬くなるのがわかった。

「余計なお世話ですよ」

低い声で、うなるように村井が言った。

「そうだな、余計なお世話だ」

鳴海は首をすくめて、バーの中を意味もなく眺め渡した。

「で、あきらめたのかい？」

と鳴海は口調を変えた。

「先輩に関係ないでしょう」

「違うよ。美人のミステリー作家の追跡さ」

「絶対に誰か特定の男はいるんですよ。それは確信をもって言えます」

「だが証明はできない？」

「煙は出すんですがね。火が見えないんです」

「ミステリーを書くような女だからな。アリバイ作りは巧妙だろうさ」

「不思議なんですよね」

と村井はちょっと考えて言った。

「結構派手に遊び廻っている女でしょう。テレビタレントとか、若いミュージシャンとか、一緒にいることが多いんですよ、あれで面食いなんだな。

だけどあれなんですよ。ただの遊び相手と恋人ってのは、ただ並んでいるだけでピンとわかりますね」

「わかるかね」

鳴海はグラスの中の氷を揺らした。

「わかりますよ。なんていうかな、出来ている男と女ってのは独得の雰囲気があるんですよ。なんか盛んに放出するんです。ガスみたいなものかな。いや、色気かな。もう一眼でピンと来ますよ」

「なるほどね。さすが恋に身を焼く当事者だ。言ってることに説得力があるよ」

鳴海の声に皮肉が滲《にじ》んでいる。

「どうしてもそっちの方向に話をもっていきたいみたいですね、先輩」

さすがに、むっとしたのか、村井は肩を揺すった。

「しかし、いけませんかね、女を好きになっては？」

「いけなかないさ。相手が他人の女房でなければな」

と鳴海は吐きだすように言ってから、すぐに口調を変えた。

「それでなんだって？　女流ミステリー作家の尻尾は、ついにつかめそうもないのかい」

「ないですね、当分」

村井は憂鬱《ゆううつ》そうに溜息《ためいき》をついた。

「男はたしかにいるのかね」

「ひっかかるのは雑魚《ざこ》ばっかりで、本命が出て来ない」

「本命なんて、案外いないんじゃないのかねぇ」

ウィスキーの色を透かすようにして村井を眺めながら、鳴海が呟《つぶや》いた。

「いますって。それは僕が断言できます。あの女にはとてつもない大物のラヴァーがいるんですよ」

「そんな大物なら、とっくに誰かに見られているだろう」

「それが悩みの種なんですよ」

「きみも気の毒にな。そんな女の薄汚い情事みたいなものばっかり追いかけて」

「同情してくれますか」

村井はチラと鳴海を見た。

「同情なんてするものか。そういう世界ばっかり見ているから、きみ自身のモラルが薄れるんだよ」

「モラルなんて言葉、死語ですよ、もう」

鳴海はふと腕時計に眼をやると、

「ちょっと席を外《はず》すよ」

とスツールから滑り降りた。

「女房に電話することになってるんだ」

「だったら、僕、失礼しますよ」

「いいんだよ、居てくれたまえ。近くにいるんだ。残業でね」

「先輩」

「何もそう遠慮するなよ。まんざら知らないわけじゃないだろう」

「夫婦のデイトの邪魔するほど、ヤボじゃないですよ」

となおも腰を上げかかるのを、

「いいから。つべこべ言わずに坐ってろよッ」

と、ことの外強い口調で鳴海が言った。

一瞬、たじろいだように村井が黙りこんだ。沈黙が濃くその場に漂った。

「怒鳴るつもりはなかった。気にしないでもらいたい。とにかく電話だけしてくるよ。飲み直していてくれたまえ」

そう言って鳴海は席を外した。


再びカウンターに戻ると、鳴海は軽い口調で村井をからかった。

「どうした。コメカミがピクピクしているよ。ナーヴァスになっているな」

「別にナーヴァスになどなっていませんよ」

と村井は早すぎるタイミングで返事をしてから、

「ナーヴァスになる理由も、ありませんからね」

とつけ足した。

鳴海は元の席におさまり、ウィスキーの水割りの四杯目を頼んだ。それをバーテンダーが作っている間、黙って手元を眺めていた。

水割りが出来上がり、それが眼の前に置かれると、鳴海はゆっくりと口へ運んだ。しかしすぐには何も喋《しゃべ》りだそうとはしなかった。

二人の男は並んだまま、そうやって黙々と飲み続けた。

「通じましたか」

と村井が先に沈黙を破った。

「何がだい」

ことさらにのんびりと鳴海。

「電話ですよ。奥さんと連絡はとれたんですか」

「気になるかね」

刺すような切り返し方だった。

「気になるだろうな」

「別に、気にしちゃいませんよ」

と村井は不貞腐《ふてくさ》れたように苦笑した。

「いや。きみは気になるさ。僕の女房が今からここへ来るのか来ないのか、ひどく気になっているはずだ」

咄嗟《とっさ》に村井はバーの出入口のあたりに眼を走らせた。

「今から来るんですか、奥さん」

という村井の問いに、鳴海は深々とうなずいた。

「じゃ僕はやっぱり失礼しますよ」

「どうしてだい」

「野暮なこと訊かんで下さい。奥さんが来るんだもの、もう飲む相手はいいじゃないですか。このところ連日飲んでるんでね、実際バテ気味なんですよ」

「そうは見えんよ。逃げるな」

「勘弁して下さいよ、先輩。明日早いんですよ」

と村井はスツールから腰を上げかけた。

「坐っていろッ」

と鋭く鳴海が言った。それから、

「早いって何の用だい。芸能記者が早い出勤なんてことは普通ないじゃないか」

「それがあるんですよ」

憮然として村井が、腰を元のスツールにおさめ直した。

「例の美人作家の追跡かね」

「そう。実はそうなんですよ。新しいタレコミがありましてね」

「どんな」

「え？」

「どんなタレコミなんだい」

「だから、その何ですよ。ミステリー作家がええと、海外旅行だかに出かけるとかどうとかで、それに彼女のラヴァーが同行するんじゃないかと」

村井の額に暑くもないのに薄く汗が光っていた。

「しどろもどろだな」

と鳴海は鼻の先で笑った。

「それで、その女流の乗る飛行機が明日の朝だっていうんだね。何時？」

「え？　いいじゃないですか、そんな。九時ですよ、成田に」

村井は渋面を作りながら押しだすように言った。

「嘘《うそ》つけ」

全《すべ》てを否定するような言い方だった。はっと村井が躰を硬くして鳴海を盗み見た。

「何年この世界で飯を食ってるんだよ。そんなすぐバレるような嘘しかつけないで、よく芸能記事などやっていけるよな。どうした。さっきから入口の方をしきりに見ているようだが、何か気になるのかい」

村井はカウンターの上で握りこぶしを更にきつく握りしめた。

「わかりましたよ」

とついに村井は観念したように呟いた。

「そうか、観念したかね」

思いの外静かに鳴海が言った。いらっしゃいませ、というカウンターのバーテンダーの声に、村井はギクリとしてふりむいた。男が二人、すでに酔った足取りで入って来るのが見えた。

「一体、どうしてわかったんですか」

と、村井が訊いた。喉《のど》に声がひっかかった。

「主語が抜けてるよ。日本語のあいまいな点だな。しかしいいさ。言わんとするところは察しがつく。リダイヤルってやつのせいさ」

「え？　リ、なんですって？」

「リダイヤル。再ダイヤルって装置さ。文明の利器ってやつだ。もっともきみと女房にとっては災いの凶器みたいになったがね」

「よくわからないな」

と村井は苛立《いらだ》って呟いた。

「だからさ、リダイヤル装置のおかげで、女房の相手がわかったのさ」

「しかし……」

「まだぴんとこないのかい。きみも鈍いね。うちの電話はＮＴＴのプッシュボタンでさ、多彩な機能が充実してるって例のやつなんだよ。キャッチフォンとか、ワンタッチダイヤルとか色々あって、その中に再《リ》ダイヤルっていうのがあるんだ。その顔色を見ると知らないな。リダイヤルってのはね、きみ、ボタンひとつで直前にかけた相手に電話が通じるシステムなんだよ」

村井はたて続けに瞬きをして、事情をのみこもうとしていた。鳴海が続けた。

「つまりさ、僕の女房がきみのアパートに電話をかけたとする。話し中か何かで通じなかった。リダイヤルでまたかけ直ししようとしているうちに、用事か何かで忘れた。

亭主の僕がたまたまその後電話をかけようとして、何かの拍子でそのリダイヤルのボタンを押してしまったとする。呼び出しが鳴って相手が出る。こっちはちょっと驚いているわけだからすぐには声が出ない。相手が『もしもし、村井ですが』と名を名乗る。そして僕は慌てて受話器を置く」

鳴海は水割りを一口含み、喉へと流しこんで再び続けた。

「女房に浮気の相手がいることはわかっていた。お恥かしい話だがね。自分の女房がそういうことをして帰って来れば、すぐにピンとくるものなんだよ。だが相手がわからない。そのわからない相手がひょんなことでわかってしまい、『村井』と名乗った。

きみと結びつけて考えるまで、ずいぶん時間がかかったぜ。僕と同じ部屋で顔つきあわせているきみと、女房はなかなか結びつかなかった。

それでも万が一と思い、きみの自宅の電話を総務で調べた。そしてきみがいそうな時間を狙《ねら》って電話をしてみた。こっちが黙っていると、きみは言った。

『もしもし、もしもしッ。村井ですが』

同じ声だった。全身冷や汗が噴きだしたよ。きみとはね。女房の薄汚い情事の相手が、きみとはね……わかるかね、この気持……」

村井はうなだれていた。

「そういえば、何度か、何も言わずに切れてしまった電話があったっけ……」

「それは多分、僕だったのさ」

「リダイヤル、ですか」

「そうだ。リダイヤルだ」

「で、真佐子《まさこ》さんには、この件はもう?」

村井が妻の名を口にするのを耳にすると、鳴海はかっとしたが、辛《かろ》うじて奥歯を咬《か》みしめることで、こらえた。

「まだだよ。証拠をもっとあげておきたかった。きみの方から先にと思ったんだ」

「……そうですか。どう言ったらいいか、僕は、その……」

「認めるんだな?」

「はい、認めます。これきりにします」

「それですむと思うかね」

「ええ、そりゃ……。撲《なぐ》ってくれていいです」

「撲ってもいいが、それできみたちのことが存在しなかったということには、ならんよね」

「……」

「ま、いいさ。僕が手を引くよ」

「え？」

「きみはよく、え？　え？　と驚く男だな。手を引くって言ったんだよ。くれてやるよ、真佐子」

それを聞くと、驚愕《きょうがく》の表情が村井の顔に浮かんだ。

「く、くれると言われても。先輩、冗談でしょう」

「冗談でこんなことが言えるかね」

「だから、悪い冗談ですよ」

ハハハと笑ったが、とうてい笑い声には聞こえない。村井は唐突に笑いをのみこんだ。

「遊びだったんですよ、お互いに。もうそろそろ止《や》めようと思ってたんです。本気じゃなかった。誓いますよ。二度ともう過ちは犯しませんから、先輩、頼みます」

土下座をせんばかりに、村井が頭を深々と下げた。

「そんなことは、僕には関係ないよ。きみが引き取ってくれそうにもないのは、真佐子には気の毒だが、まぁ、自業自得だろうな。しかし、きみも薄情な男だな」

「というと、真佐子さんは離縁ですか？　先輩、奥さんと別れるんですか？」

「少しは自責の念にかられるかね、きみのような男でも。だったら、真佐子を引き取ってやってくれ。それがせめてもの男の道じゃないか」

「そんな、鳴海さん。いや先輩。それはないですよ。女と浮気するたんびに、引き取らされたんじゃ、躰がいくつあっても足りませんよ」

「ジョークのつもりかね。おかしくもなんともないね。いずれにしろ僕の気持は変らない。火遊びってのはね、高くつくんだよ、きみ。もっとも今日のような時世には、不倫だかなんだかが大手を振ってまかり通っちまって、男も女も世間もずいぶんしらけたもんだが、僕は嫌だね、そういうのは。僕は断じて抵抗するね」

「まいったなあ。とんだ災難だ」

心底途方にくれたのか、村井はそう呟いた。

「じゃ僕は、これで失敬するよ。そろそろ女房がやって来る頃《ころ》だ。あとはきみたち二人で、よく今後のことを相談してくれ」

「え？　行くんですか？」

と村井はスツールの上で飛び上がらんばかりに言った。

「彼女、僕がここにいること、知ってるんですか?」

「いや知らせてないよ」

「それじゃ驚くでしょう。可哀相《かわいそう》ですよ」

「可哀相かね」

鳴海は伝票に手を伸ばして呟いた。

「ほんとうに可哀相なのは、僕だと思うがね。違うかい」

「そんなこと言ったら、僕はどうなんです。こんな立場に追いこまれて、一番可哀相なのは言ってみればこの僕なんだ」

「不倫の代償は、安くないと、女房に伝えてくれたまえ。それから彼女の身の廻りのものは、すぐにでも指定の所へ送るからと。僕の方は明日からさっそく弁護士に会って、離婚の手続きを始めるよ」

「何も今夜すぐに彼女を放《ほう》り出さなくてもいいでしょう」

「だったら、きみが泊めてやれ」

それだけ言い残すと、鳴海はレジに向って歩きだした。

二台あるエレベーターの一台に乗りこんで彼が消えると、入れ違いに昇って来たもう一台のドアが開き、真佐子が降り立った。バーの入口で鳴海の姿を探すように彼女は立ち止った。

ブラインドデイト

その声は寛《くつろ》いだ感じでこう提案した。

「僕は信用できなくても、中田《なかた》氏はできるでしょう? 一度、逢《あ》いたいですね」

いきなり夜、電話をしてきた見知らぬ男だった。高樹《たかぎ》と名乗った。

突然どうも、とかそんなことは言わず、数日前に観《み》たというニューヨークものの映画の話から入って来たのだ。

「その映画と私が、どう関係あるのでしょうか」

中田信吾《しんご》の友人だというものだから、詩子《うたこ》は神妙に質問した。中田は彼女が勤めている銀座《ぎんざ》の画廊のオーナーである。

「ご覧になりましたか?」

相手は質問に質問で答えた。詩子は観たけれど、と答えた。

「それが共通の話題です」

男の声に笑いが含まれた。

臆面《おくめん》もないようなことを言っていながら、それほどにも反感がつのらないのは、声に含まれるシャイな感じのせいだった。

微《かす》かに濁りのある低音で、落ち着いたというよりは、ゆっくりと、たくさんの句読点を交えながら喋《しゃべ》るのだった。

たいした話題はなかった。それほど長電話でもなかった。電話の終りに詩子は、その見知らぬ男とのデイトを約束させられていた。

「すみませんけど、お電話番号を教えておいて頂けませんか」

と詩子が言った。

「どうしてですか」

こちらの胸の内を察したように相手が訊《き》き返した。詩子には男の苦笑した顔が見えるような気がした。油気のない少し長めの髪。彫りの深い顔。年齢は多分三十三、四歳。口髭《くちひげ》があるかもしれない。

「急に都合が悪くなってすっぽかしては申しわけありませんから……」

「それじゃ教えるのを止《や》めておきましょう。急に都合悪くなったり、すっぽかしたりされないように」

それから男は日時と場所を詩子に伝えた。

「サントリー美術館の、どこでしょうか」

「適当に絵を眺めながら、それとなく探し合いましょう。パリのルーブルほどには広くありませんからね」

「でもどうやって？　お目にかかったこともない方を、どうみつけるんですの？」

「それはお互いさまです。僕もあなたを知らない。知っているのはお互いに声だけです。まあ、ゲームみたいなものですね」

そうだ、と男は急に思いついて言い足した。「ゲームなのだから、ルールをもうけましょう。アナウンスの呼びだしはなし。目印をつけあってのもなしにしましょう」

「いちいち一人一人名前を確かめるんですか？」

相手のペースに乗せられて、詩子はなんとなく楽しくなりながらそう訊いた。

「これと思ったら、黙って前に立って下さい」

電話が切れたとたん、現実感が戻り、詩子は急に後悔にかられた。——なにやってんだろ、あんたも暇ね——と呟《つぶや》いて、いずれにしろ明日にでも中田信吾に高樹という男のことを訊いてみようと思った。


「高樹という男？」

と中田は画廊の奥にしつらえたオフィスで、顧客名簿に眼《め》を通していた。

「高樹ねぇ」

ともう一度呟いて、「その名ですぐ思い当るのは、高樹詔司《しょうじ》だがね。画家だよ」

「やっぱり」

画廊のオーナーの知りあいと言うからには、そんな気がしたのだ。

「高樹詔司がどうかしたって?」

再び顧客名簿に視線を戻しながら、中田が訊いた。

「ちょっと興味があって」

と詩子は語尾を濁した。それだけの情報を得ればまあ充分といわねばならない。あんまり詳しく訊くのは、ブラインドデイトのルールに違反するような気がしたのだ。

「興味って、彼の絵にかね? それとも本人にかい?」

背中に中田のからかう声がした。「いずれにしろ、彼はパリの絵描《えか》きだよ」

驚いて詩子は、もう一度中田をふりむいて見た。

「パリ在住なんですか?」

「年に一度、個展で帰ってくるけどね。残念ながら、うちみたいな小さいところではやってもらえない。しかしうちにも彼の絵がたしか二枚ばかりあるはずだ」

「倉庫にあります?」

詩子は好奇心をおさえられずに訊いた。

「僕の記憶によると、倉敷《くらしき》の美術館に貸しだしたような気がするな。調べればわかるがね」

中田信吾がコレクションに加えているくらいだから、才能は確かなはずである。もっとも中田のコレクションには二種類あって、ひとつは本物の絵——つまり世界のどこへもっていっても通用する質の絵ということだ——、もうひとつは、ビジネス用の絵。こっちの方はその時代の流行画ともいうべきものだから、手元には長く置かない。どんどん売りさばいていく。

高樹詔司の絵は、果してどちらなのだろうか、と詩子は考えた。

「その方の個展は、いつからかご存知《ぞんじ》ですか?」

「うん、毎年六月に、新宿《しんじゅく》のデパートの催事場を全部使ってやる。大体期間中に即売だそうだ」

六月にはまだ間がある。準備や打ち合わせに来ているのかもしれない。

「もっとも、絵というより高樹詔司そのものに人気があるのかもしれないね。なかなかいい男なんだよ」

「独身?」

できるだけさりげなく、詩子は訊いた。

「何年か前に別れた奥さんがいたはずだが。その後再婚したとは聞いていないねぇ。もっとも女たちが放《ほう》っておくような男じゃないから、不自由はしないだろうがね」

長めの髪と彫りの深い顔、口髭などが詩子の脳裡《のうり》にまた浮かんだ。そうだったのだわ。どこかの美術雑誌か何かで、彼の写真を見たことがあるのかもしれない。高樹という男の電話で、なんとなく画家であろうと連想が湧《わ》いた時、潜在意識の中で覚えていた高樹詔司という男の顔が浮かんだのだ。奇妙で不思議なことである。

そんな男がどうして私のことを、と疑問がつのった。中田に訊いてみたいと質問が喉《のど》まで出かかったが、辛《かろ》うじて自制した。

約束の土曜日の午後三時。十分ばかりわざと遅れて詩子は美術館の切符を買い、中に入った。

展示するものによっては混雑する館内も、今回はそれほどでもない。閑散としているというわけではないが、その中に高樹がいれば探しだすのはさほど困難ではなさそうだった。

自分の方では相手の顔をなんとなく知っており、相手には知られていない、ということが、彼女の気分をずいぶんと楽にしていた。詩子は、グレーのブルゾンの上下に、タートルネックの黒いセーターを中に着て、出来るだけ粋《いき》に見えるようにと気を配った。パリ帰りの男の観賞にどれだけ耐えられるか自信はなかったが、飾りすぎない方がアクセサリー過剰よりはるかに良いことだということくらいは、心得ていたのだ。

ひととおり館内を歩いてみた。抽象画ばかりが、猛々《たけだけ》しい色彩で並んでいる。巨大なジャンクだ、と詩子は胸の中で呟いた。いつか中田信吾が口にしたことの受け売りだった。

詩子は原色の抽象画を好まない。

ぐるりと一周したかぎりでは高樹詔司とおぼしき男の姿はみあたらなかった。時刻は三時半近くになっている。

一人一人の顔を見て廻《まわ》ったわけではない。いくらなんでもそんなさもしいような真似《まね》は出来ない。しかし見落すということもありえないと思った。今では旧知の人のように脳裡に鮮やかな高樹詔司らしき男は、いなかった。

——さてと、帰るとするか——と詩子はわざと声に出して呟いた。最初から妙な話だとは思っていたのだ。妙ではあるが面白い話だとも思ったので、つい相手の言うことに乗せられて来てしまった。悪い冗談だわ。彼女は美術館の外へ出て、もう一度だけ館内を振り返った。先刻、四百号の絵の前で、彼女に話しかけて来た男と眼が合った。

「誰《だれ》か、お探しですか?」

詩子はちらりとその男を見て、無視して通り過ぎた。よく駅や道を歩いている時など、すっと寄って来て、「お茶でも」とか、もっとずうずうしいのはいきなり「ホテルへ行かない?」などという輩《やから》がいるが、正に同類である。

そういうのに声をかけられた、ということすら、自分にスキがあったのではと、おぞましくてならない。第一、駅でなど声をかけられてついて行く女など、いるものかしら?

詩子が帰りぎわに振りむくと、ぞっとすることにその男の眼と眼が出逢ってしまったのだ。

未練たらしさが、不快だった。七三というより八二に分けた髪が年齢のわりには薄く、顔にたっぷり肉がついている。顔の膨らんだ男は嫌いである。詩子は眉をしかめて、さっさと歩き出した。

電話番号を訊いた時、断りの電話を入れるかもしれないとか言って教えてくれなかったのも、なんとなくウサンクサイとは思っていたのだ。文句を言おうにもどこへ言ってよいのかわからない。

何かのっぴきならぬ急用でも出来たのかもしれないではないか。あるいは当の本人が交通事故を起して、美術館に待たせている女に電話するどころの騒ぎではなかったのかもしれない。

まっすぐ家に向う気にもならないので、デパートをさんざん歩き廻り、閉店時間までにたいして必要でもないガラクタを両手の袋に一杯買って、いっそう自己嫌悪をつのらせながら、帰路についたのだった。

なんだか中途半端な気分が嫌で、詩子は古い美術雑誌を片っぱしから開いていって、どこかに高樹詔司に関する記事はないかと調べ始めた。

一行か二行、個展の案内とか消息がみつかったが、それだけだった。

中田信吾に思い切って打ち明けてしまおうと思いたったのは、デイトにすっぽかされた翌週の火曜日になってからだった。高樹詔司からは、謝りの電話も入らなかった。

「妙なことお訊きしますけど、社長、最近高樹さんにお逢いになりました？」

「最近というほどでもないがね、去年の暮れにどこかのレセプションで顔を合わしたよ」

「その時親しくお話ししました？」

「うむ、まあね。その後何人かと一緒に銀座のバーへ流れたよ。でもどうしてだい？」

「その訳は少し後で話しますわ。その前にもうひとつだけ伺ってもいいですか？　その時、私のことを、社長、話しました？」

「高樹詔司にかい？　さあどうかなあ。話したかも知れないよ」

「どんなふうに？」

「そう問いつめなさんな」

と中田は苦笑した。

「うちの画廊にいる女の子は、ちょっとした美人なんだ、ということくらいは、自慢したかもしれんさ」

「そうしたら？」

「高樹の反応かい？　覚えてないけど、あいつのことだから、そのうちふらりと画廊へ顔を出すよ、なんてことを言ったっけかなあ……」

とおぼつかない。

「とにかく何なんだよ。ちゃんと話しなさいよ」

中田が少しじれたように訊いた。そこで詩子は先日の夜の電話について話した。

「へえ。しかし、いかにも奴《やつ》らしいな。それで、きみ、出かけて行ったのかい？」

「まさか。行くわけありませんよ。いくらなんでも」

詩子は大真面目《おおまじめ》な顔をして、嘘《うそ》をついた。

「じゃ高樹はすっぽかしかい」

なんだかうれしそうに中田が笑った。

「いいんだよ、その方が。あいつ、女に関しては自惚《うぬぼ》れているところがあるからね。たまには誰かが灸《きゆう》をすえてやらんといかんよ」

詩子は、社長室の窓から見える並木通りの人混みを眺めながら、次をどう切りだそうかと考えていた。

中田が笑い止み、冷めかけた茶に手を伸ばしたところで、

「でもなんだか気がひけて」

と詩子は口ごもった。「いくらなんでも、美術館まで行ってすっぽかしなんて。ひどい女だと思っているでしょうね」

「その方が彼のためになるさ」

「だけど、失礼な女だなんて思わないでしょうか。社長の方へ、変なとばっちりがいかな

いといいんですけど」

「そんなことはないさ。それより今度逢ったら、この件であいつをからかってやる材料が出来たよ」

そろそろ仕事に取りかかりたそうな気配をちらつかせたので、詩子はその機に乗じてさりげなく言った。

「電話で一言、おわびしといた方がいいと思うんですけど、社長、高樹さんの東京の電話番号、ご存知じゃありません」

「うん、知ってるよ」

と言って、中田は卓上電話帳のTの項を開いて、詩子に押して寄こした。

「そこにある。自分で写してくれないか」

そう言って、彼はフランスから送られて来た若手の画家たちの作品カタログや、写真などに眼を通し始めた。

詩子は、お邪魔しましたと一礼して、画廊の方へ戻って受付に坐《すわ》った。たいてい二時過ぎまでは、ひまなのである。昼休みに少し人が来るが、それも、四、五人といった数。

ふらりと立ち寄る人間が、中田画廊の絵を買うということはまずあり得ない。たいていはそのために新幹線や飛行機でやってくる地方の金持が、絵を買う。だから到着は三時前後が多い。

飲食業・医者がほとんどで、高い絵であればいいと思っている連中である。

中田がランチに外出した後、詩子は社長室の電話で高樹のダイヤルを廻した。十数回呼び出しが鳴り続けた。留守らしいと、詩子は失望して電話を切った。

何度しても、高樹はつかまらない。真夜中の二時に、悪いとは思いながらもダイヤルをしたのだが、空《むな》しく呼び出しが鳴り続けるだけであった。そんな時間まで、どこで遊び歩いているのだろうと思うと、なぜかひどく腹が立ってくるのだった。

そうこうしているうちに、一週間が経《た》った。彼はフランスに帰ってしまったのかもしれない、と詩子は思った。文句を言いたかったが、逃げられてしまった……。

女友だちと、映画を観て、食事をしてから家に帰ると、電話が鳴っている。大急ぎでドアのキイを廻して飛びこんだ。

「もしもし……」

「……詩子さん？」

はっとした。あの声である。

「高樹さん？」

「そうです。……このあいだ、行きましたか、サントリー美術館？」

自分でもよくわからないが、咄嗟《とっさ》に詩子は嘘をついて言った。

「それがごめんなさい。急に都合がどうしてもつかなくなってしまって……」

「ああ、そう……。それならよかった」

と相手が言った。

「実は僕の方も……。それで気にしていたんですが、お互いさまなら負い目はないわけだ」

「申し訳なくて、なんとかご連絡しようと思ったのですが、どうしてもわからなくて」

自分の方から弱味をさらしたくなかった。

すでに第一ラウンドは、詩子の負けなのだ。もしも第二ラウンドがあればの話だが……。

「僕が悪かったのですよ。お教えしなかったのだから」

「お忙しいのですか？」

「ええ、まあね。それより、もう一度だけ、やり直しのチャンスをくれませんか？」

「サントリー美術館ですか」

と詩子の声が心もち沈んだ。

「いや。サントリー美術館はやめましょう。美術館というのはやめましょう」

高樹はきっぱりと言った。

「ホテルオークラの新館の方のバーを、ご存知ですか？」

「ええ、知っています」

あのバーは、東京の中で詩子が一番好きなホテルバーである。

「では、そこで。月曜日の七時にというのは？」

「結構です」

「今度は目印をつけましょうか？」

「いりませんわ。ゲームだっておっしゃったでしょう？　ぴたりとあなたの前に坐ってみせますわ」

詩子は自信をもってそう言ってしまってから、少しはしゃぎすぎたのでは、と悔んだ。

「あなたがとても美しい方だということだけは、中田氏から聞いているんですが」

と相手は声に笑いを含ませた。この声なんだわ、私がまず惹《ひ》かれたのは、と彼女は改めて思った。

「万が一ということがある。髪の長さは？」

「肩のところまで」

「背丈は？」

「まあ高樹さんずるいわ。もうだめよ」

「では、七時に」

「……あの」

「なんですか？」

「すっぽかし、なしね？」

「あなたの方こそ」

そして、詩子は受話器を置いた。

最初のブラインドデイトは、どこかに億劫《おっくう》だなという思いがひそんでいたが、今度は違う。日頃《ひごろ》色々な男たちとデイトを重ねているが、今度のほど、期待で胸が高鳴るのは、久しく味わわない感情であった。

詩子は当日、黒のジャージーの上下できめて、七時に約十二分遅れて、待ち合わせのホテルオークラ新館へと急いだ。

遅れついでに、トイレに飛びこんで、最後の点検をした。化粧が濃すぎるような気がしたからだ。時間をかけて、ていねいに塗っていくうちに、つい、いつもより厚化粧になってしまったのである。

ティッシュを使って、頰《ほお》の赤味を少し落した。それだけで、ずいぶんと印象が違う。ついでに首のまわりのジャラジャラした金鎖を外して、バッグの中に落した。シックにいかなくちゃ。なにしろ相手はパリ帰りですもの。

バーに足を踏み入れると、とたんに無数の視線が自分の顔に突き刺さるような気がした。まるでスポットライトを浴びた舞台女優のような気分だ。

このバーに入っていくときは、いつもそうなのだが、多少の勇気を必要とする。ここは、男たちが女を眺めるバーなのだ。入口が狭くて、長いので、ちょうど舞台上へ登場するための通路のような感じなのだ。

入ってくる人間の姿が、みんなに見えるのだ。そして当然のことながら、バーには男が多い。ホテルのバーは特にそうだ。ここでは半数が外国人である。

外国人の女を見る眼ははっきりしている。誉《ほ》めたたえるか、あるいは興味ないね、とそっぽをむくか。

賞賛の眼差《まなざ》しが、どこまでも執拗《しつよう》に追ってくる。時に顔の前をぶんぶんと飛びまわる青《あお》蠅《ばえ》のようにうるさく感じることもある。眼が合うと、誘いこむように笑う。

高樹がこのバーを指定してくれたことを、改めてうれしく思った。いずれにしろ、男たちから賞賛の眼差しで眺められるのは、悪い気分じゃない。

スポットライトで眼がくらんだような気持なので、店内の様子が中々眼に入らない。内心の困惑を隠して、詩子はできるだけ堂々と歩いて行った。

かなり混んでいて、ほとんど席に人が坐っている。人々にじろじろと見られながら、相手を探すのは少し度胸がいる。詩子は覚悟をきめて、ゆっくりと、まるで海中を徘徊《はいかい》するサメのような動きで、高樹詔司の顔を求めて進んで行った。

どうやら、まだのようである。遅れるくせがあるみたい。でもそうとなればあとは気が楽だ。今度はこちらが坐って、入ってくる人間の顔を一人一人、ゆっくり眺められるからだ。

詩子は中ほどの三人掛けの席のひとつに腰を下ろした。

カンパリソーダーを注文しておいて、煙草《たばこ》を一本口にくわえた。

ふと、背後からライターの火がのびた。先に煙草に火を移しておいて、眼を上げて礼を言った。湖のような青い眼をしたアメリカ人であった。

「誰かと待ち合わせ?」

とゆっくりと相手が訊いた。

「ええ」

「当然、男性でしょうね」

「そうですわ」

「ラッキーな男《ガイ》だ」

と、アメリカ人は笑い、あっさりと詩子を解放した。詩子は入口の方に向き直り、少し寛いだので足を組んで、高樹の登場を今や遅しと待ちかまえた。あのタイプの彫りの深い顔に、詩子は弱かった。繊細で、優雅なところも、気に入っていた。第一、あの声。あくまでも静かで、こちらの胸に滲《し》みていくような独得な低音。

高樹詔司とは、今夜のうちにベッドを共にしてしまうのだろうか。もちろん口説かれればの話だが、彼は、初めてのデイトの夜、女を口説くのかしら。

かといって、二度目とか三度目ならいいのだろうか。男と女の間のことに、そんなきまりもルールもいらないのではないか。もしも今夜彼がベッドのことを全く仄《ほの》めかさなかったら、むしろ詩子は傷つけられた気がするだろう。そんなふうにとりとめのないことを考えていた。

ふと肩に置かれる手の重みと温《ぬく》さとを感じた。

「入っていらした時からわかりましたよ。あなたは、あなたの声の感じにそっくりだ」

彼。高樹詔司の声。静かで、少しだけ濁りがあり、シャイな感じ。でも何時《いつ》のまに後ろに廻りこんだのだろう？

詩子の顔がみるみるほころび、満面に微笑が浮かんできた。

期待をこめて声の主をふり仰いだ。

微笑が途中で完全に凍りついた。そこにいるのは、頭を八二に分けて膨らんだ顔の男だった。

「まさか」

と言ったきり、詩子は絶句した。

「やっぱりあなただったんだ。そうだと思ったんですよ、サントリー美術館で」

「いらっしゃらなかったと、おっしゃいましたわ」

と、詩子はしどろもどろに言った。

「あなたもね。でも来ましたね。ま、嘘はお互いさまだった」

男はそう言って、彼女の前ではなく横にぴったりと並んで坐った。その自信に溢《あふ》れる言動と、男の容姿とは、全く相容《あいい》れない感じなのだった。

詩子はポカンとして、すぐには何をどう言っていいのかわからなかった。

「でも――」

とまだ信じかねる思いで訊いた。

「あなた、高樹さんですか？」

「そうですよ」

「高樹詔司さん？」

「詔司？　違いますよ、実《みのる》です」

そんな、と詩子は口許《くちもと》を押えた。

「中田社長をご存知だとおっしゃったでしょう？」

「知ってますよ。中田氏とは時々飲みます。僕、こういう者です」

と、高樹実は名刺を差し出してよこした。経営コンサルタントと文字が読めた。

「結婚していらっしゃるんでしょう？」

と詩子は批難をこめて、男の薬指の指輪を眺めた。

「今時の若い女性は、そんなこと、気にもしないいんじゃないんですか」

と、男はなにげなく詩子の膝《ひざ》に手を置いた。詩子はぞっとして眼を閉じた。

危険な情事

　彼はその映画を格別に観《み》たいとは思わなかった。映画と名のつくものはこの十年来、テレビの洋画劇場みたいなので時々観る程度だし、それもコンバットものに限られていた。恋愛ものというのは、必ずセックスシーンが出てくるので、そういうものを家族の者たちと観るのは嫌だし、映画館で不特定多数の他人と、性的興奮を共有するのも、何か覗《のぞ》き見的で妙に白けるものだと思うからだ。第一、彼は映画館そのものが好きではなかった。暗いし、空気は悪いし、何というか、あまりにも多人数で共同体験をするということ自体、気味が悪いと思うのだ。

　彼女から誘われた時も、だから、「映画？　いやだよ俺《おれ》」と、断ったのだ。けれども彼女はもうロードショーの指定席を二枚買っちゃったから、と言った。

「前評判が良くて、指定券買うの、大変だったのよ」

　他に特別の予定もなかったので、彼は肩をすくめてOKをした。食事をして彼女の部屋に行って、終電に間に合うように帰るという習慣が、もう四ヵ月ばかり続いていた。

「いいけどさ」

と彼は言った。「そのかわり、夕食かアレかどっちか割愛だね」

「と、思ったんで、ハンバーガー買ってあるのよ」

と彼女は、隣の椅子《いす》にバッグと並べて置いてあった紙袋をもち上げて見せた。

彼は、どちらかというと美味《おい》しいものを食べて、アッチの方をはぶく方がいいのにと思った。ハンバーガーで夕食を済ますなんて、なんとも味気ないような気がした。

コーヒーがまだ半分残っているのに、彼女は腰を上げた。そうしないと七時の最終回に間に合わないからだ。彼は伝票をつかんで、彼女の後に渋々従った。

四谷《よつや》から新宿の「武蔵野館《むさしのかん》」までは、タクシーで行った。下りる時、彼がポケットを探ってもたもたしている間に、女の方がさっさと小銭を出して、料金を支払った。

彼は口では「すまんね」と言ったが、本心ではそれほど気にしていなかった。勤務年数十二年のキャリアウーマンだから、相当の月収がある。その上住んでいるマンションは、親が残してくれたもので、家賃がかかるわけではない。おそらく女房子持ちの彼よりも、自分で使える小遣いははるかに多いはずである。

エレベーターを昇り、ドアが開くと、いきなり映画館だった。ちょうど前の回が終ったばかりの入れ替え時とあって、ものすごい混雑ぶり。それに圧倒的な若い女の数。

「ちょっと」

と彼は人波に押されながら彼女の袖《そで》を引いた。

「一体、俺たち何を見るんだ？」

彼女は映画のタイトルを口にして、フフフと笑った。

「え？　恋愛映画なの？」

彼は激しく渋面を作った。ここまで来てから知るなんて自分でもうかつだったと反省した。

「違うわよ。あなたが一番好きなスリラーよ」

揉《も》みくちゃになって切符をもぎってもらいながら彼女が答えた。

「俺が好きなのは戦争もの」

「じゃ二番目」

「勝手に二番目なんて作るなよな」

前へ前へと押されながら、彼は言い返した。

それにしても若い女たちというのは、すごいエネルギーである。朝の満員電車に男が半分いるおかげで、これまで生きのびて来れたのではないかと、彼はひそかに確信した。

「ねえ、コカ・コーラ、買って来てくれない？」

彼女が首だけねじむけて彼に頼んだ。そこで二人は別れ別れになった。

長い行列に並んで、十五分もかかってコーラを二つ買うと、始まりのベルが鳴った。彼が場内に入ると、もう暗くなっていた。とたんに彼は腹立たしくなり、そのまま踵《きびす》を返して帰ってしまいたいという誘惑にかられた。超満員のどこに彼女がいるのか、どう探せばいいのか。暗がりに眼《め》がなれたところで、見まわせど、どれも似たような黒い髪の女たちの背中ばかりである。

そうか、指定席と言っていたな、と、彼は帰ってしまいたい誘惑をなんとか退けると、白いカバーの一帯に眼をやって歩を進めた。スクリーンでは、コマーシャルが映されていた。

白いカバーの中で、ひとつだけ、こちら向きの顔があった。彼が遅いので、やきもきした彼女の顔だった。

コーラの入ったプラスティックのカップを両手に、彼は恐縮して言った。

「失礼します」

すでに坐《すわ》っていた人々は、あきらかに迷惑気に、足をずらしたり、中腰になったり、中には完全に立ち上がったりして、彼を座席の奥に送りこんだ。

一人の若い女が、ほんのわずかに足をずらしただけだったので、彼は膝《ひざ》をはさまれる格好で立ち往生した。後ろの席であからさまな舌打ちの音がしていた。若い女がもそもそと、ようやく尻《しり》を上げたので、前の座席とその女の膝にはさまれていた彼の膝も解放された。コーラを誰かの服にこぼさなかっただけでも、めっけものだった。

ようやく彼女のところまで来て、彼はドスンと座席に腰を沈めた。

「遅かったじゃないの」

と、彼女は無慈悲な声で、そう彼を批難した。「苛々《いらいら》しちゃった」

「遅れたのはな」

と彼は押し殺した声で言い返した。「エレベーターで下へ降りたからさ」

「何のためによ?」

暗がりで女が眼を見張るのがわかった。その顔が、焼き肉屋のコマーシャルフィルムからのどぎつい反射で、赤く見えた。

「帰っちまおうと思った」

彼は嘘《うそ》を重ねた。

「どうして……?」

コーラを受けとった手の仕種《しぐさ》のまま、彼女は呆然《ぼうぜん》として訊《き》き返した。

「どうしてかな」

どうして本当に帰ってしまわなかったのかな、と思いながら、彼は呟《つぶや》いた。

「ずいぶんひどいじゃないの。私を置き去りにするなんて」

「だが戻って来たろ。いいじゃないか」

「よかないわよ」

その時、背後から「シイ!」という声がして、二人を黙らせた。彼女は膨れて、彼は憮《ぶ》然《ぜん》として、スクリーンを見上げた。映画の予告に入っていた。

映画が終った。まだ字幕スーパーで出演者などの名前が流れているうちに、彼はパッと腰を上げた。それから余韻を味わうように坐っている若い女たちの膝を、押しのけるようにして通路に出た。彼女が慌てて後を追った。

彼としては、電気がついて、人々がいっせいに動き出す前に、映画館を出てしまいたかった。同じ思いの人がいるとみえて、エレベーターの前には列が出来つつあった。彼はさっと左手の階段に向って歩きだした。

「待ってよ」

と彼女が追いついて来て言った。「まさか、九階から全部階段を下りるんじゃないでしょうね」

「途中からエスカレーターがあるよ」

「どうしたのよ、映画面白くなかった？」

「いや、なかなかためになったよ」

彼は皮肉を隠そうともせず、そう言った。

「たとえば？」

彼の腕につかまりながら、彼女は階段をゆっくりと下り始めた。

「たとえば」

と彼はちょっと考えた。「ほら、浮気して男が家に帰って来るだろ？　奥さんが実家かどこかへ行って二晩ほど留守にした時さ。ベッドをいかにも、眠ったようにくしゃくしゃにするシーンとかさ」

「それだけじゃ足りなくて、実際ドスンと寝てみて、むちゃくちゃに寝返り打ったりね」

女は映画のシーンを思い出しながらクスクスと笑った。

「あのシーンは、すごく参考になったよ」

「身に憶《おぼ》えがありそうね」

女は探るように彼を横目で見た。階段を七階まで下って来ていた。

「まさか。俺、自宅に浮気の相手なぞ、引っぱりこむような趣味ないぜ」

そう言ってしまってから、彼は眼の隅で女をうかがった。

「浮気の相手ね。……それ、私のこと？」

案の定、彼女はとたんに神経質に反応した。

「きみが単なる浮気の相手じゃないことくらい、きみ自身が一番知ってるだろうが」

「念のために、一応訊いてみただけよ」

と彼女が言った。「私だって、あなたの家庭の中なんて、死んでも見たくないもの」

二人は六階から五階までの間を、無言で下りた。灰色のコンクリート壁に、白いタイル風の階段が、蜒々《えんえん》と続いていた。

「エスカレーターって、どこよ?」

と、女が訊いた。

「あと一階下ったところ」

彼が答えた。

「他にも参考になったこと、あった?」

再び彼女は映画の話に戻った。

「うん、まあね」

「何?」

「電話のシーン」

「どの電話?」

「もしも奥さんから電話があったら、日曜日の午前中家にいないのは不自然だろう?　それで先手を打って、男が自分の方から電話をするシーンさ」

「そんなところ、あったっけ?」

「ほら、電話してなに気なくこう言うところさ。『さっき、電話くれた?』って男がまず先手を打つんだよ。奥さんが『ううん、どうして?』って言う。男はすかさず『いやね、シャワーを浴びてたから。電話が鳴ったような気がしたものだから、君かと思って』『わたしじゃないわ』『ならいいんだ。君、何時に帰る?』というようなやり取りさ」

「ふうん、男のひとって案外、観察が細かいのね」

と彼女が感心した。

「普通だったらさ、ただ、先手を打って自分の方から電話することくらいは考えつくけどね、そういうのはかえってヤブヘビになる場合が多いのさ」

「あら、経験があるみたい」

「あるよ、もちろん」

彼は肩をすくめた。「普段は平気で午前様しててもさ、浮気する夜ってのはなんとなくね、電話して『マージャンで遅くなる』なんて言っちまうことがある。マージャンで本当に遅くなる時には、そんな電話、まず掛けやしない。女房ってのは、そういうのに、ひどく敏感でね、怪しいとピンと来るらしい」

「なんとなくわかるわ」

女は苦笑した。

「さっきの映画の中の男が頭がいいのは『きみ電話した?』ってまず訊くところ。それから、もしかして妻が電話をしていても、シャワーに入っていたから、聞こえなかったと、暗黙に相手にわからせているところ。これは高等戦術だよ」

「そうね。今後のために、せいぜい覚えておくわ」

「お互いにね」

四階はデパートのような売り場に通じており、二人は店内をエスカレーターに向った。

「私ね、あの仕事に生きる独身の女の言っていること、すごく良くわかるわ」

「多分、俺があの家庭持ちの中年男の気持が良くわかるように、きみもあの女に感情を移入するんだろうな」

彼は理解を示そうと、そう言った。二人はエスカレーターに並んで立った。

「あの女のこと、どう思う?」

「アメリカの女はすさまじく孤独なんだなと思ったよ」

「それだけ?」

「だってあれは、一種の病的な女だろ? あきらかに精神を病んじまっているよ。だからあんまり現実的じゃないよね」

「あのひと、病気じゃないわ」

彼女はふっと真顔になって言った。「あのひとの言っていること、最初から最後まで、見事に正論だった」

「おいおい待ってくれよ。俺はそうは思わない。第一、あれが正論じゃ男はかなわないよ」

三階。レディスのドレス売り場。二人は二階へ下るエスカレーターに乗りかえる。

「自分の方から誘惑しておいてだぜ、大人の関係よ、とかなんとかいかにも割り切ったようなことを言っといて、あの翌朝の態度はなんだっていうんだよ？　冗談じゃないと思ったぜ」

「寝てる間に黙って帰っちゃったからよ。一緒に朝ごはん食べたかったんじゃないかしら」

「男ってものは、一夜明けたら情事の相手の女の寝起きの顔なんて、まともに見たくもないものなのさ」

「それで、私の所に決して泊らないのね」

「おいおい、話を脱線させるなよ。第一、あれはないよ。スパゲッティーだかなんだか食わせておいて、男が帰ろうとすると、いきなり手首を切るなんて、完全に狂ってるとしか思えない」

「だって、最初の夜はいいとして、二日目も朝からずっと一緒だったのよ。男は犬まで連れて来たのよ」

「それはだね、彼女がしつこく電話で呼び出したからさ。渋々行ったんだ」

「でもね、公園で犬とボールでたわむれていた時、男は楽しそうだったわ」

「そりゃ、ま、せつな的には楽しんだだろうさ」

「スパゲッティーを料理して、マダムバタフライを聞きながら、キャンドルライトで夕食をしている時も、彼の顔はロマンチックだったわ」

「それは否定しないが」

と彼はもぞもぞと言った。エスカレーターは二人を一階の香水売場の近くに降ろした。

「ここ、ずいぶん遅くまで開いているんだな」

と彼はあたりを見回した。

「駅前だから。十時までよ」

と彼女はそれに答えた。

「だからって、なんで手首切ったりして、男を脅迫するんだい？　たまらんよな、男の身になって考えれば」

彼はさも不快そうに話の続きをした。「逢《あ》ったばかりの女だよ。いわば行きずりみたいなもんだ。そんなのに絡まれちゃ、交通事故にあったようなものだね」

「でもね」

と彼女はやけに静かに言った。「行きずりは前の晩のことよ。翌日の日曜日、犬を連れて女のアパートに行ったのは、もう行きずりの関係とは言えないと思うわ」

「冗談言っちゃいけない。電話でさんざんゴネて来い来いと言われて、男は渋々だったんだ。そうだろう？　君にだってあの時男がちょっとたじたじだったの、わかるだろう」

「ええ、わかるわ。だけど、彼にとって、家庭とか、妻とか子供がほんとうにそれほどまでに大事だったら、断固として行くべきじゃなかったのよ。誘惑をきっぱり退けるべきだったのよ。でも、彼は行った。犬を連れて」

「犬が特別に意味があるのかい」

「あるわ。あの場合犬というのは、あの二人の共犯者なのよ。愛の物言わぬ目撃者。そう女は感じたんだわ。彼は犬を連れて来た。二人は子供のように犬を仲介にして触れあった。もしも、彼が家庭を大事にするのなら、そんなことをしてはいけなかったのよ。あの男には断固とした強さが欠けていたのよ。男の優柔不断さが、ある意味で彼女をあんなふうにしてしまったのかもしれないわ」

デパートの外に出ると風が吹いていた。生温《なまぬる》い、胸の中がざわつくような春の埃《ほこり》っぽい風だった。彼女は髪を押えて、一瞬茫然《ぼうぜん》としたように男の傍《そば》に立ちすくんだ。

「あんな女は例外さ」

と彼はきっぱりと言った。

「それ、あなたの希望的観測ね」

「いや。現実に、あんなめちゃくちゃな女がいたら、たまらんよ。手首切ったり、夜といわず昼といわず嫌がらせの電話をしてきたり――」

「そのことだけど、私もひとつだけ参考になったことがあるわ」

と女は奇妙な口調で言った。「男が冷たくなったら、男の自宅に真夜中、電話をするっていうこと――」

「冗談言うのはよせよ」

「もちろん冗談よ」

と女は少し笑った。

「だからさ、兎《うさぎ》を煮たり、包丁をふりまわしたり、正気の沙汰《さた》じゃないっていうんだ」

彼はあきらかに苛立って言った。

「あなたは、完全にあの男と同じ被害者の意識で彼女を見るから、そんなことを言うのよ」

「へえ、別の見方があるのかね？」

「あるわ。彼女の立場に立って見れば、あの中の異常な行為は、全《すべ》て理解できるわ。男のあいまいさ、ずるさ。夫婦のなれあい。結局、最後に妻は男を許しちゃうんでしょ？　めでたしめでたし、二人は永久に幸せに暮しましたとさ、ってわけね？　そんなのインチキよ」

彼は不意に彼女を眺めた。まるで初めて見る女のような気がした。口の周囲に微《かす》かな疲れの皺《しわ》が浮きでていた。

「あの女が、まさか正常だっていうんじゃないだろうね」

彼は彼女から眼を背けながら言った。

「正常じゃない部分があるとしたら、それは製作者側のサービスの問題で、一種サイコ仕立てにして、映画を売り出そうとしたからに過ぎないわ。だから、水を張った風呂《ふろ》の中で死んだと思った女がいきなり飛び出してくるシーンは、完全に蛇足。あれは全てをぶっこわすような最低のシーンよ。それをのぞけば、あの女は、どこにでもいるような女の一人にすぎないわ」

「どこにでもいるって?」

「そうよ、私だって、いつあんな風になるか、自分でも怖いくらいよ」

「おどかすなよ」

彼は貧相な感じに首をすくめてみせた。

二人は駅の方へ歩き、タクシー乗り場に向った。すでに十人ほどの行列が出来ていた。

埃っぽい旋風が、ビニールや新聞紙を巻き上げながら通り過ぎていった。

「厭《いや》な風ね。春って嫌いよ。胸がざわざわするわ」

彼女は空《うつ》ろな声で言った。その声の調子に彼は不安を覚えて、チラと横顔を見た。

「桜、そろそろかな」

彼はわけもなく夜空を振りあおいだ。晴れているのに星の少ない夜だった。

「ねえ、お花見に、吉野《よしの》に行かない?」

急に彼女は表情を輝かせた。

「吉野? なんでまたそんなところへ」

男は気乗り薄にそう言った。

「吉野の桜、一生に一度は見ておきたいのよ」

「だったら一人で行くか、友だちと行けよ。俺は、ちょっとな」

「じゃ行かない。あなたと見たかったのよ」

「俺のせいにするなよ。吉野の桜を一度見たいんじゃないのか」

「あなたと、吉野の桜を一度見てみたかったの。それだけ。どうしてもだめ？」

「泊りは無理だ」

「奥さん、実家に帰ることないの？」

「さっきの映画じゃあるまいし。ないね。両親とも亡くなっているから」

タクシーには一人ずつしか乗らないから、なかなか順番が回って来ない。駅の構内からはアナウンスの声や雑踏の響きがしていた。四谷の方の空が妙に赤味を帯びている。空気になぜか雨の匂《にお》いが混っていた。そして排気ガスの臭《にお》い。

「困らせるつもりはなかったのよ」

と彼女は彼の腕に触れた。

「花見なら、東京でだって出来るさ」

彼も声を柔らげた。

「じゃお花見一緒にする？」

「いいよ」

「どこで?」

「どこでもいい場所ってどこよ?」

男は眉《まゆ》を寄せた。

「どうしたんだよ、今夜。からむじゃないか」

「……。この風、厭なのよ」

二人は黙りこんだ。あと二人でタクシーの番がくる。中年の男と若い女が、眼でじゃれあっていた。

「高輪《たかなわ》のホテルで鉄板焼きでも食いながら、花見するか」

妥協するように彼はそう言った。

「うちのマンションの部屋から、隣の桜の枝が見えるのよ。いっそのこと、うちで酒盛りしてもいいわね」

「ああ」

「なんだか気乗りしないみたい……」

「そんなことないさ」

「今夜、来るでしょう?」

男の答が一呼吸遅れた。

「そうだな。あんな映画観たせいか、なんだか疲れたよ」

「……じゃ、来ないの？」

女の表情が急に暗くなった。

「うん。またにするよ」

女の顔色をうかがいながら、彼が答えた。

空車が来て前の二人連れがそれに乗りこんだ。乗りこむなり男の手が若い女の太股《ふともも》に触れるのが二人の眼に入った。

「怒るなよ」

彼は彼女に言った。

「だって、先週もよ」

「あの時は風邪気味だったじゃないか」

「でも会社へは行ったわ」

「仕事だよ。一緒にするなよ」

「つまり仕事は真剣だけど、私とのことはそうじゃないのね」

「そういう論理はくだらんよ。話す気にもならない」

「自分に都合が悪くなると、いつもそうね」

「よそうよ。あんな映画を観たせいで、きみは少し高ぶっているんだ」

「そんなことないわ。冷静よ」

空車が来て停《と》まった。ドアが開いた。

「先週は風邪。今週は疲れ。来週はどんな言いわけをするつもり?」

彼女はスカートをひるがえして車に滑りこんだ。

「そうだな」

と男は言った。「来週までの間に、せいぜい言いわけを考えておくよ」

ドアが閉った。女の横顔が硬張《こわば》り、車窓の暗がりの中に白く浮かび上がった。タクシーが動きだして、彼の前から遠ざかった。彼は続いて来た空車に手を振って断ると、盛り場の方へと歩きだした。一杯飲みたいと思った。


泥酔というほどではなかったが、かなり酔って寝室のドアをあけた。妻はとっくに眠っていた。できるだけ物音をたてないように、彼は苦労して衣服を剝《は》ぎ取ると、妻の横に潜りこんだ。

犬とたわむれる男と女のシーンが頭の中でぐるぐる回っていたかと思うと、次の瞬間、彼は眠りに落ちた。

どれくらい眠ったのか、突然の電話の音で、彼は叩《たた》き起された。一瞬自分がどこにいるのか判然としなかった。横で妻が寝返りを打った。

「また？」

と彼女はうんざりした声で言った。「出てよ、あなた。いたずら電話なの。もうこれで今夜四度目よ」

「いたずら？」

「出てもウンともスンとも言わないのよ」

彼は受話器を取り上げると、耳に押しあてた。

「もしもし！」

「……」

「もしもし！　どなた⁉」

「……」

「何とか言ったらどうだい？　一体何時だと思ってるんだい」

「……」

「もしもし！」

相手が電話を切った。彼は腹立たし気に受話器を置いて、ふとんを頭にひっかぶった。

眠りはすぐに訪れた。

再び電話の音。妻が横で動物のようにうなった。彼は受話器を取り上げた。映画の中で、女が男の家庭に電話をかけるシーンが、彼の記憶を過《よぎ》った。

「まさか」

と彼は呟いた。まさか、あれが始まるのではあるまいか。

「ええ、そうよ、わたし」

相手はこちらの心を読んだかのように、そう言って、低く笑った。

朝帰り

アールヌーボー一色にインテリアされた店内をざっと見回して、小野町子《おのまちこ》は、

「この店、前に何度か連れて来てもらったことがあるのよ」

と言って、経済界の著名な中年男たちの名を挙げた。

店内を席まで案内される間に、食事中の男たちが視線を上げて、町子の姿を眺めた。彼女は今や売り出し中のニュースキャスターであり、とりわけなぜか政治経済界のお偉方に、異常な人気があるのであった。

町子に注目した視線が、次に連れの豊二郎《ゆたかじろう》に注がれる。とたんに軽蔑《けいべつ》とも羨望《せんぼう》ともつかぬ色が、中年男たちの眼《め》に浮かんだ。

その時ほど二郎は、自分が着ている春物のスーツが、去年デパートのバーゲンで買ったものであることを痛切に恥じたことはない。なぜなら、そのレストランに日常的に出入りしている男たちの眼には、二郎の着ているものの品質を見定めることなど、朝めし前であるからだった。

小野町子のエスコートであるのなら、せめて、アルマーニとはいわないまでも、カシミア混紡の春物を身につけていたかった。

もちろん、その店を指定したのは彼女だった。コマーシャルの撮影が済み、スタジオの隅で雑談をしていたら、スタッフが一人去り二人去りと消えていき、束の間《つかのま》ではあったが、二郎は小野町子と二人きりでお喋《しゃべ》りをしていた。

お喋りと言っても、町子が喋るだけで、二郎は聞き役。

「あらあ、みんなどうしちゃったの？」

と話の区切りに町子は薄暗いスタジオの中を不満そうに見回した。いつも何人かの男たちに囲まれチヤホヤされているものだから、放《ほ》っぽり出されたのが気にくわないのだ。

町子は手首にはめた本物のゴールドウォッチを眺めて、

「あら、もうこんな時間なの？　どうりでお腹《なか》が空《す》いたわけね」

と言った。

「このあと何か？」

と二郎は、なぜかそうせざるを得ないような気がして訊《き》いた。小野町子とはこれが初対面だった。実物よりテレビやコマーシャルの画面で見る方がずっといい、となんとなく思った。しかし今や、人気絶頂の小野町子だ。

「別に何も入っていないのよ」

と町子は意味もなく髪に手をやった。そう言えば何かというと髪に手をやるのが、くせらしかった。

「食事でもしますか」

できるだけ、さりげなく言うように二郎は努めた。

「いいわよ」

あっさりと町子が同意した。

とたんに二郎はドキリとした。それから、会社の同僚たちにこう吹聴して回る自分の姿が眼に浮かんだ。

――おい、ゆうべ、俺《おれ》が誰《だれ》と飯《めし》食ったと思う?

――誰だよ?

――小野町子。

そう言った時、自分の小鼻が膨らむのまで眼に見えるようだった。

それから二郎の脳裡《のうり》に妻の面影が浮かんで、ゆっくりとフェイドアウトして消えた。仕事だよ、これは、と彼は自分の胸に呟《つぶや》いた。コマーシャルのアートディレクターという立場上、何事も適当に仕事に結びつけられるのである。

「和風と洋風とどっちがいいかなあ」

と彼は、意見を求めるように、町子を見た。

「どちらかというと、フランス料理がいいわ」

「フランス料理ねえ。どこがいいかな」

彼は二つ三つ手頃《てごろ》な店を頭に描いた。

「あそこにしましょうよ」

と町子は芝《しば》の有名店の名を、いとも無造作に挙げた。ぎょっとしたが、だめだとも言えない。支払いはアメリカン・エキスプレスのカードを使うしかないだろう。会社に領収書を回せるわけもなかった。

思いやりとか、気を使うとか、そういうところがないのは、小野町子のせいとばかりは言えないのではないかと、二郎は寛大に考えた。そんなふうに町子をしたのは、彼女を取り囲む男共なのだ。男共が彼女を甘やかし、増長させ、贅沢《ぜいたく》にしたのだ。

というわけで、スタジオから電話で一応予約を入れ、タクシーでやって来たのである。とてつもなくぎょうぎょうしいメニューが二人の前に置かれた。例の、女性の方には値段が書いていないというやつだ。

「あたくし、ここで頂くものは、大体きまっているのよ。よろしいかしら？」

涼しい眼で二郎を見て、町子はあでやかに微笑した。これだな、と二郎は納得がいった。涼しい眼というのは一種残酷な光がある。それとあでやかさの不可思議な混合が、世の男共の胸をときめかせるのだ。二郎は、自分も溶けかかったバターのようになるのを感じた。

「いいですよ。何でも好きなもの注文して下さい」

彼は素早く全体の値段を一瞥《いちべつ》して、胸の中で溜息《ためいき》をついた。これで今月の給料の五分の一は、完全にすっとんでしまう。月に一度、夫婦で美味《おい》しいものを食べに出かけることを、何よりも楽しみにしている妻は、今後二、三ヵ月、それをがまんしなければならないだろう。

「あたくし、まずトリフとフォワグラのサラダを、前菜として。それから――」

軽やかな、ワルツのような調子で、町子が言った。軽やかなワルツ代は五千五百円也《なり》。

「スープとお魚はパスするわ」

二郎がわずかにほっとするのも束の間、

「メインは、やっぱり鴨《かも》かしらね？」

と小首を傾《かし》げる仕種《しぐさ》に、再び二郎の心が怪しく騒いだ。

「いいのではないですか」

二郎はそう言って鴨のプライスをチラと見た。一万二千円とある。下北沢《しもきたざわ》の家庭的なフランス料理屋では、同じメニューが九百円であったことを思いだした。彼は値の張る前菜はやめて、ポタージュスープに、メインはその店では一番安い鶏肉《とりにく》のソティー・レモンソースというのにきめた。

「ワイン、かまわない？」

長い睫毛《まつげ》をパチッとさせて、町子がまた訊いた。

「僕はあまりワインは好まないけど……。でもあなたが一本あけられるのなら、どうぞ」

と煙幕を張ったつもりが、

「あら、そ？　じゃ、シャンパンで通しましょうか。S商事の専務の田丸《たまる》さんが教えてくれたのだけど、シャンパンでお食事をするのが、今、一番新しいんですって」

しかしS商事の専務は会社で伝票が落せるだろうが、俺はそうはいかないのだ。二郎は恨めしかった。

「一番新しいというのなら、ペリエでしょう。今やニューヨーク人種は健康志向だから。ノンアルコールにかぎります」

「でもあたくし、ニューヨーク好きじゃないの。やっぱり文化はパリからよ。経団連のMさんがおっしゃっていたわ」

「いいですよ。お好きなように、シャンパンでもワインでも頼んで下さい」二郎は少しやけっぱちにそう言った。

「シャンパンなら、ルイーズ・ポメリーにかぎるわね」

「と、大蔵省のお偉方が言ったんでしょう」

「違うわよ。E建設の社長さん」

二郎には、ルイーズ・ポメリーなるシャンパンが幾らくらいするものなのか、見当もつかなかった。おあとのお楽しみである。

メニュー選びがすむと、小野町子は顎《あご》を両手の甲にのせるようにして、改めて二郎をみつめた。まるで猫のような女だ、と二郎は感じた。

「あなた、意外にお若いのね」

まるで初めて二郎の存在に気づいたような表情だった。今の今まで、二郎がどんな男なのか、注意もしなければ、気にもかけていなかったみたいだ。

「あたくし、たいていかなりお年を召した方とお食事するものだから——。でもたまには、自分の年齢に近い方も、よろしいわ。ところで、あなた、何をなさっているの?」

「広告代理店の制作の人間ですよ。さっきのテレビコマーシャルのコンテを描《か》いたのは僕です」

「あらそうだったの」

急に興味を失ったような声だった。おそらく、二郎の名前さえも知らないのだろう。

考えてみれば、こっちの名前さえも覚えようとしない女に、給料の五分の一、いや下手をすると四分の一も貢ぐのは、なんと空《むな》しい行為であろうか。

小野町子と夕食を共にしたと吹聴する程度では、なんとも元がとれないような気分であった。

シャンパンがうやうやしく運ばれて来て、バカラのグラスに注がれた。町子の白い指がその高価で、ずっしりと重みのあるグラスを持ち上げた。

「乾杯ね」

「何に乾杯しようか」

「別に何でもいいわよ」

「じゃ、夜に。——我々の夜にっていうのはどう?」

「オーケイ。夜にね。乾杯」

くすりと笑って町子はグラスを軽く二郎のに合わせた。


夕食がすむと、町子は満足気にほほえんだ。あちこちのテーブルから注がれる好奇の視線も、まんざらでもないようだった。食事の途中、五十代と六十代のいかにも紳士然とした男がやって来て、親し気に町子に挨拶《あいさつ》をしていった。

「この後、ちょっと飲み直しませんか」

と二郎は勇気を出して言ってみた。

「そうねえ」

と町子は急に思案顔になった。

「どうしようかしら」

「一杯だけですよ。つき合って下さい」

装飾の多いスリガラスの窓を背景に、キャンドルライトに照らされた小野町子は、今や南洋真珠を思わせる美しさであった。

「ほんとうに一杯だけでいいの？」

彼女の瞳《ひとみ》がキラリと光った。

「いいですよ」

「あたくしって、そういうの信じておつき合いするでしょう？　でもたいてい後で口説かれるのよ」

「でも、あなたみたいな人を口説かないのは、男として失礼ですよ」

「そうかしら？」

「そうですよ」

「あなたも、口説くつもり？」

「男と生れたからには」

許せ妻よ。二郎は胸の中で手を合わせた。

「じゃ、わざわざバーにまでいかなくても、この場で口説いちゃってよ。その方がてっとり早いでしょ？」

「しかし」

黒眼がキラキラと輝き、唇がぬれぬれとしていた。

とさすがにたじたじとして、二郎は言った。

「あたくし、プロセスを楽しんでいる時間がないのよ」

「わかりました。じゃ言います。今夜、僕とつき合って下さい」

「もうつき合ったわ」

「そういう意味じゃなく。つまり、もっと親密にという意味です。もっと率直に言えば、あなたと寝たい」

「ずいぶんはっきり言うのね」

と町子は片方の眉《まゆ》を上げた。

「この際、男と女というのは、寝るか寝ないか、そのふたつにひとつでしょう」

「それはそうよ」

改めて二郎を、観察するように町子は眺めた。

「たまには、若い男もいいものですよ」

「あら、その発言は気になるわ。まるでわたくしが、年配の男性しか知らないような口振りですもの」

「事実、この食事中あなたが口にしたおともだちは、相当ご年配の方たちばかりだった」

「単なるおともだちよ」

町子はぷいと怒ったように横をむいた。

「わたくしね、若い男性って嫌なのよ。いつまでもつきまとうから」

「その点なら安心して下さい。僕はつきまとわないタイプ。妻がいるんでね。多分、一度だけのお手合わせで、消えますよ」

「どうだか」

と町子は妙な表情で言った。「たいていの男性はそう言っても、後を引くのよ。妻と別れるなんて言いだすにきまっているわ」

「大丈夫。僕は言わない。妻を愛しているからね」

「今はそんなことを言っても、後では違っちゃうの」

「賭《か》けますか？」

二郎はじっと女の眼をみつめた。

「僕は、あなたを深追いしないことに一千万円賭けていい」

急に町子の表情が歪《ゆが》んだ。

「そんなことを言っていいの？　あとで泣いても知らないわよ」

二人の視線が絡んだ。二郎は女の瞳の中に了承の微《かす》かな印を見た。

小野町子のマンションは代々木上原《よよぎうえはら》にあった。小さいながらも、わりあい趣味のよい部屋であった。ただし、どことなく、女の一人住いの部屋というよりは、ホテルのスイートルームを思わせた。

隣室からはシャワーを使う、激しい雨のような音がしていた。湯気の中の、ほんのりと赤味を帯びた町子の裸体が、二郎の瞼《まぶた》に浮かんだ。

――おい、俺は、ゆうべ小野町子と寝たんだぜ。

と二郎はわざわざ声に出して言ってみた。

――ばかな。

誰一人信じそうにもなかった。第一、二郎自身に、現実感がないのだ。隣のバスルームでは、あの小野町子が一糸まとわぬ姿でシャワーを浴びているというのに、そのことと、自分の存在とが、結びつかないのであった。二郎はもう一度、室内を意味もなく見回した。グレーのカーペットに、真白いソファー。窓際のダブルベッドのカバーも純白だ。ますますラヴホテルの部屋じみて二郎の眼に映る。

俺は小野町子の部屋にいて、彼女がシャワーを浴びて出て来るのを待っているのだ。そして、ほのかな石鹸《せっけん》の匂《にお》いのする若い女を、あそこのベッドのところまで導いていくのだ。そう思うと、膝《ひざ》のあたりがわずかに震えるような気がした。バスルームからベッドまでの距離が百メートルもあるような気がする。

シャワーの音は依然として続いている。二郎は腕時計に眼をやった。十一時四十五分。ふと妻のことを思った。十二時を過ぎて帰る場合は、電話をかける約束だった。彼はしばらく躊躇《ちゅうちょ》したが、思い直してベッドサイドの受話器を取り上げて、ダイヤルを回した。

「もしもし、俺だ」

と二郎は出来るだけさりげなく言った。

「あのな、今マージャンの途中なんだ。徹夜になるよ」

一瞬妻の沈黙する気配。二郎の掌《てのひら》に汗が滲《にじ》んだ。

「マージャンって、メンバーは誰？」

と、妻が訊いた。

「メンバー？」

と二郎は妻の言葉を反射的にくりかえした。

「そうよ。誰と誰よ」

明らかに苛立《いらだ》った妻の声。

「なんでそんなことを訊くんだよ。ま、いいけどさ。秋野《あきの》と古沢《ふるさわ》と、ええと井口《いぐち》」

「知らないわね」

「当り前だろ。会社の人間の名前を全部おまえに覚えられるわけがない」

「今どこなの？」

「どこ？」

嘘《うそ》をつくのがこんなにむずかしいことだとは、今の今まで二郎は知らなかった。喉のあたりが固くなった。

「どこって、普通の雀荘《じゃんそう》だよ。会社の近くの」

再び短い沈黙。

「嘘」

「なに？」

「マージャンなんて嘘。雀荘っていうのも嘘」

「嘘？　じゃ俺は一体どこで何してると思ってるんだ？」

思わず声が上ずった。

「ずいぶん静かね」

と妻が疑わしそうに言った。

「どっかのホテルからじゃないの？」

「ホ、ホテル？　冗談じゃないよ。俺がホテルで何をしてると思うんだよ」

「そんなこと、私に訊かないでよ」

「よく考えてくれよ。俺がホテルから女房に電話するような男じゃないだろうが」

「そうね。あなたにはそんな度胸はないわね。じゃどこよ」

「い、いま？」

「何、どもってるのよ」

背骨に添って冷たい汗が一滴、したたり落ちていった。

「お、小野町子と一緒」

咄嗟《とっさ》に二郎はそう言ってしまっていた。もうどうとでもなれという気持だった。シャワーの音がいつのまにか止《や》んでいた。

「小野町子って、テレビのあの小野町子?」

「そ。あの小野町子。俺、今、彼女の部屋」

「酔ってんの? つまんないジョーク止めてよ」

頭から信じない妻が冷たく言った。

「ジョークじゃないよ。今彼女、シャワー浴びてんだ」

「今何時だと思ってるのよ。ふざけている時間じゃないでしょ。マージャンでも何でもいいから、朝方、バタバタとあたしを起さないでよね。ソファーで寝てよ、ふとん出しておくから。あたしは低血圧なのよ」

「知ってるよ」

二郎はなんだかふに落ちない気分で電話を切った。嘘は見破れても本当のことは信じない妻に、なぜか猛烈に腹が立った。素直じゃないんだよ、あいつは。

シャワーの音が止んだ後、軽い鼻歌が聞こえてきた。逃げるなら今だ。唐突に二郎は思った。次の瞬間彼は身をひるがえすと、玄関のドアに飛びついた。

外へ滑り出るのと、シャワールームのドアが開きかけるのと、ほとんど同時だった。間一髪の差で彼は無事逃げのびた。

走るようにエレベーターまで行き、ボタンを押したが考え直し、横の階段を駆け降り始めた。一体自分が何故《なぜ》逃げださなければいけないのか、まったくわからなかった。

マンションの外へ出ると、ようやく一息ついて歩調をゆるめた。夜気の中にやるせないような甘い沈丁花《じんちょうげ》の香りがしていた。

あの女、じだんだふんでいるだろうな、と二郎は思った。しかしいい気味だとは思わなかった。

俺にだってプライドってものがあるんだ、と彼は左の方向へあてもなく歩きだしながら呟いた。給料の四分の一にもあたる夕食を食わせてやった上に、俺の貞操までくれてやる必要はないんだ。

貞操などという言葉がひょいと胸に浮かんだことに、彼は内心苦笑した。

あんなデリカシーのない女のために、これ以上何をするのも嫌だった。第一、俺の名前さえ知らないし、知ろうともしなかったではないか。高価な夕食代のほんのお返しのつもりだったら、そんなものはいらない。二郎は商店街の明りに向けて歩きながら、なんどもそう自分に言い聞かせた。

妻を裏切りたくない、という気持からではなかった。だが小野町子には、妻を裏切るだけの価値はない。純粋に二郎の自尊心の問題である。食欲の方は満たしてやったが、あの女の性欲まで満たしてやる必要はないのだ。

——俺さ、小野町子と寸前まで行って、振ったんだぜ。

——真っ裸になった小野町子の前から、堂々と歩み去ったんだぞ。

しかし一体、それも誰が信じるだろう。二郎は肩をすくめた。

商店街はとっくにシャッターを降ろして、灰色の無表情の顔を並べていた。街灯の明りだけが、妙に白っぽく歩道を照らしている。

通り過ぎるタクシーはどれもメーターを落している。二郎は終電に間に合うかどうか時計を眺めた。


家に着いたのは一時過ぎであった。寝入りばなを起されて、妻は機嫌が悪かった。

「徹夜だって言ったじゃないの」

と、ざんばら髪で、ベッドの中から二郎を睨《にら》んだ。

「朝帰りで怒るならともかく、早く帰った亭主に腹を立てる女房がいるかよ」

ネクタイを引きぬきながら二郎が言い返した。

「やっぱり、マージャンなんて嘘だったんでしょう」

「だから言っただろうが。小野町子のところに居たって」

「ふん、まだ言ってるのね。ああそうですか。小野町子ね。わかりましたよ」

そう言って、くるりと背中をむけた。何にもわかっちゃいない証拠だった。

「彼女、シャワー浴びてたんだぞ」

と二郎は妻の背中にむかって言った。妻の反応はない。

「そいつを振って帰って来たんだからな。何とか言ったらいいだろう」

妻はぴくりとも動かない。

二郎はズボンを脱ぎ、パジャマに着替えた。それからベッドを回りこんで妻の顔を覗《のぞ》きこんだ。彼女は寝息をたてて眠っていた。

「のんきな奴《やつ》だな。俺の最大の危機だったんだぞ。ひいてはおまえにとっても最大の危機でもあったんだ。いいか、我々はその危機を未然に葬ったんだ。ありがたいと思え」

二郎は妻の寝顔にむかって、そうぶつぶつと呟いた。それから妻の隣にもぐりこんで、ベッドサイドの明りを消した。

暗闇《くらやみ》の中に、小野町子の裸体が浮かび上がった。一度も真には見ることがなかった裸体だった。それは彼の想像力の中で、次第に仄白《ほのじろ》い燐光《りんこう》を放ち始めた。

彼は自分が逃げだして来た部屋を思い、葬り去った悦楽を思った。横で妻が軽くいびきをかき始めていた。

小野町子は二郎の顔さえも覚えてはいまい。そしてこのことも朝になればきれいさっぱりと忘れているだろう。再び彼女の周囲には男女が群がり、彼女を上等なレストランに拉《ら》致《ち》することに成功したひとりの男が、そのおこぼれに、町子の肉体を歓《よろこ》ばせるという幸運にめぐまれるだろう。

妻が寝返りを打ち、二郎の腰を太股《ふともも》で押してよこした。あんなチャンスはもう二度とないのだ。そう思うと、二郎の胸が一瞬、刺されたように痛んだ。

俺は、今横で口をあけいびきをかいているこの女のために、俺の貞操を守り通したのか。すると急に二郎はたまらなくおかしくなって笑い出した。笑いは津波のように後から後から湧《わ》き上がって来て、止らなかった。妻が横でうるさそうにうめいた。

別れ話

彼が冷たくなったのが先か、女が執拗《しつよう》になり始めたのが先か。多分、それはほとんど同時期のことなのではないか。

男と女のことなんて、始まりがあれば必ず何時《いつ》か終るものだし、それが二年続くか六ヵ月で終るか、問題は時間の長さだけ。

雄介《ゆうすけ》のほうはそう割り切っている。つまり気持がすっかり冷めていたから、そんなふうに割り切ることができる。

嫌だということになったら、なし崩しにだめになるものだから、できることならその過程を踏まずにすませたい。修羅場になることだけはお互いのために避けたい。雄介はそう考えて、自分のほうから別れ話を切りだすことにした。

問題は場所だった。どこで肝腎の話を持ち出すかだ。彼女のアパートか、自分の部屋は避けたほうがいいと本能的に思った。彼女が逆上して発作的に暴力をふるわれるのは恐ろしかった。部屋の中というものは、咄嗟《とっさ》につかめば兇器《きょうき》になるものがいくらでもあるからだ。

ある程度人目があって、しかもこちらの話し声があたりの人々に聞こえないような場所ということになると、喫茶店とかカフェバーのような屋内ではないほうがいい。夜の公園というのもなんとなくためらわれた。

考えに考えた挙句、ビルの屋上のビヤガーデンを思いついた。いささか感傷に欠けロマンチックではないが、そのほうがむしろいい。案外握手をしあって明るく別れられるかもしれないではないか。

そんなわけで彼は電話で須麻子《すまこ》を呼び出した。待ち合わせは何時もの中庭のある喫茶店。約束の時間に十五分遅れて彼女が現れた。女は十五分くらい遅れて行くものなのだと、なぜか最初から思いこんでいたみたいだった。一度の例外もなかった。最初から最後まで十五分の遅刻でつらぬき通したのだ、須麻子は。そんなことを、あたふたと近づいてくる彼女を醒《さ》めた眼《め》で眺めながら、雄介は胸の中で呟《つぶや》いた。

別れる決意をもって眺めると、まだ彼女はまんざら捨てたものではない気がする。ベッドでは、両の手に余りたわわな重みで牝牛《めうし》を連想させる大きな二つの乳房も——甘いバニラの匂《にお》いを放つ彼女の大きな乳輪に浮かぶ汗も——今は白い麻のツーピースの中に押しこまれて、ちんまりとした膨らみを見せている。素足のサンダルの先端で、オレンジ色のペディキュアが少し剝《は》げかけている。須麻子は、すりきれてしまった大好きなレコードを彼に思わせた。好きで手に入れた曲を、あきるほどくりかえし聴いたのは、彼だった。たしかにそうだが、彼女がすり切れてしまったのは、彼一人のせいなのだろうか。

以前には、剝げかけたペディキュアのままあたふたと彼の前には現れなかった。でも彼女が十五分遅れてくることについては、今とは少し印象が違っていたような気もする。彼女が遅れてくるのが、なんとなく誇らしかった。遅れて現れるとまぶしかった。今は、須麻子の計算とだらしなさとが見える。

「やあ」

と彼は、彼女とつきあい始めた頃《ころ》みたいに、立ち上がって彼女を迎えた。さすがに椅子《いす》を引いてやることはひかえたが、自分でも照れることには、咄嗟の行動だった。

「あら」

と彼女はうれしそうに顔を輝かせたが、昔みたい、とは言わなかった。

「一杯飲んだら出ようよ」

須麻子が坐《すわ》るのを待って雄介は提案した。

彼女は微笑して、中庭に出ている白いテーブルや椅子や、若い男たちだけのグループを眺めた。突っぱった高校生たちで、劣等感があるくせに、他人に眺められたいのだ。彼らは、完成していない大人の男の声で喋《しゃべ》るかと思うと、急に何も喋ることがなくなって、何十分も誰《だれ》も何も言わなくなったりする。

須麻子との間にも、もはや何も喋るようなことはなかった。何も喋ることがないから、どちらかの部屋へ行き、セックスをする。どちらかの部屋に入ると、どちらかがテレビのスイッチを入れる。見たいわけでもないのに、しばらくぼんやりと並んでテレビを眺めている。そのうち何となくセックスをやり始める。テレビはついたままだ。そしてまたセックスの後テレビを眺め、彼か彼女が帰って行く。テレビがなかったら、二人の関係がどうなっているのかと考えると、恐ろしいような気がすることが時々あった。だが、それももう終りだ。

雄介は須麻子のむきだしの白い腕を見る。もう夏なのだ、とそれで思った。彼女の白い腕はすべすべしていて冷たそうだ。

彼女はどこもかも冷たい。お尻《しり》も、お腹《なか》も、乳頭も乳房も、いつもびっくりするほどひんやりしていた。

「何よ？　何見てるの？」

と須麻子が訊《き》いた。その口調で、もしかしたら自分の眼が、見収めの眼つきをしていたのではないかと、雄介は少しうろたえた。

「きれいだよ」

思わずそう言ってしまってから、腹立たしいことに彼は赤くなった。

もっともほんとうに赤くなったかどうかはわからない。耳と頰《ほお》のあたりが少しほてっている感じだから、赤くなったと思うのだ。そのことに須麻子が気づいたかどうかわからない。彼女は注文したオレンジジュースのストローを啜《すす》るために視線を落していた。

その時店に入って来た女が、誰かを探すように店内を進み、雄介たちの斜め前の席についた。どこもかもピカピカに磨きたててある。つややかな素足。ペディキュアはグレーのパール。思わず顔を埋《うず》めたくなるようなふんわりとした髪。

傍《そば》で須麻子が何かの合図のように、カタリと音をたててオレンジジュースのグラスを置いたので、雄介は我にかえってようやくその女から視線を剝がした。

誰だってそうだと思うが、特に須麻子はデイト中、雄介が他の女を見るのを露骨に嫌がる。

そんなの失礼よ、とか、よそ見しないでちょうだい、とぴしりとした声で言ったものだ。けれども今は、わずかに傷ついたような表情を、オレンジジュースの上に落しているだけだった。

そうやって、自分が傷つけられたということを隠さなくなったのは何時頃からのことだろうか。その頃から、彼の気持にも変化が起ったのではなかろうか。

ふと見ると、須麻子は、そのピカピカの女を盗み見ていた。その横顔には、無防備な羨《せん》望《ぼう》の色が滲《にじ》んでいた。

嫌なものを見てしまったような気が、雄介にはした。羨望の眼つきゆえ彼女はますます色あせて彼の眼に映るのだった。

「出よう」

と、雄介はだしぬけに伝票に手を伸ばした。

「何怒ってんのよ」

と店の外に出ると、須麻子は大股《おおまた》で歩く雄介の歩調に合わせるために、小刻みにヒールの足を動かしながら訊いた。

「別に怒っちゃいない」

彼は憂鬱《ゆううつ》そうに答えてぐんぐん歩いた。

「怒ってるわよ。顔みればそれくらいわかるわよ」

懸命に歩調を合わせようとして、息を切らせながら彼女は言った。

なんとなくけなげだった。けれども彼には、そのけなげさみたいなものが、鼻についてやりきれなかった。急に何もかもが嫌になって、彼は歩調を緩めた。

「どこ行くの？」

と彼女が訊いた。

「そうだな。気持いい晩だから、どこかビルの屋上ででも、ビールを飲もうか」

どこかの屋上も、ビールも、彼女の好みでないことはわかっている。彼だって、ビヤガーデンにわざわざ女を連れて行ったことはない。

須麻子はいいとも悪いとも言わずに、信号が青になると彼の半歩後を歩きだした。いいとも悪いとも言わないのは、悪いという意味である。彼女がわがままを言わなくなったり、自分の気持を内側にたたみこんだり卑屈になるのを見ると、彼はますます心が冷えるのだった。

七階建てのビルに、赤や青の提灯《ちょうちん》が、にぎやかにともっている。雄介はかまわずそこへ向って強引に突き進んだ。


屋上には地上には吹かない風が吹いていた。提灯が、首のところから激しく揺れていた。今にももげそうだが、屋上に風が吹くのは珍しいことではないのだろう。ウェイターもウェイトレスも、気にもせず、忙しく立ち働いている。

「風って嫌だわ」

と須麻子は髪の乱れを気にしながら、そう言った。ビルの屋上とかビールには言及しなかったが、彼女が本当に言いたいのはそっちのほうのことらしかった。雄介はそれを無視して、出来るだけ奥のほうの席を選んで坐った。

「何にする?」

と彼は出来るだけ穏やかに訊いた。

「ビールしかないんでしょ?」

さすがに憮然《ぶぜん》として須麻子が言った。

「そうだね」

雄介は我ながらまのびした苦笑を浮かべた。

それからウェイターを呼び、中ジョッキを二つと枝豆とヤキトリとサラミソーセージをつまみに頼んだ。

ビヤガーデンは、まだ真夏というわけではないので、満席には程遠かった。五つに一つの割りでしかテーブルは埋まっていない。ガラガラのビヤガーデンというものは、妙にわびしい感じがする。須麻子は溜息《ためいき》をつくと、バッグの中から煙草《たばこ》を取り出した。

「ついに寿美世《すみよ》が、退職届け出したわ」

とポツリと言って、彼女はセイラムを一本口にくわえた。彼が火を差しだすのを待ったが、何もしないので、くわえ煙草のままバッグの中をもう一度探った。青い百円ライターをみつけると、それをカチリと押した。火をつけ終ると、批難するようにチラリと彼の顔を見た。もっとも、彼女の煙草に火をつけてやらないのは、今日が初めてというわけではない。このところずっと、そのわずらわしい義務は投げ出してしまっている。食事の後に一、二本喫《す》う女ならともかく、デイト中に十二、三本は喫うから、自分の分を入れると始終カチカチやらなければならないのだ。だが、かつては、彼女の煙草の先に火をつけてやることが、彼の歓《よろこ》びのひとつでは、たしかにあったわけだった。

「山口《やまぐち》寿美世、覚えてるでしょう」

もちろん覚えている。須麻子と寿美世と彼女のボーイフレンドと雄介とで、ダブルデイトをした一時期があった。今から思えば酔狂なことをしたものだと思う。ダブルデイトなんて発想は絶対男にはない発想なのだ。女ばかりが変にはしゃいでツルんでいるのを、男は白けた顔で眺めたものだった。

「結婚退職よ」

できるだけその言葉をさりげなく言おうとしたのだろう。そのためにかえって、彼女の意図しようとしたことが、逆に露呈する感じになった。

「相手は、例の彼氏かい」

仕方なく、雄介はそう質問した。

「当り前でしょ」

ぴしりとした言い方で彼女が言った。

「当り前かな」

「そうよ。もう二年も交際してるんですもの」

「二年交際すると結婚するのが、当り前なのかね」

「普通はそうなんじゃないの」

「まあね」

彼はそう言って、ビールのジョッキを乾杯の形に掲げ、ひとり口へ運んだ。須麻子はそれを無視して水の入ったグラスから、ほんの少しだけ飲んだ。

「ビール、飲まないの？」

口のまわりの泡を手の甲で拭《ぬぐ》いながら、雄介が訊いた。

「だって、寒いんですもの」

須麻子はオーバーに躰《からだ》をすくめてみせた。彼は彼女を眺め、寒いといったことには全く同情を覚えず、別れ話をどう切り出したものかと、思案した。

「私たち招《よ》ばれているのよ」

「招ばれてるって？」

「彼女たちの披露宴よ」

「いつ？」

「五月の第一土曜日。行くでしょう？」

「どうするかな」

雄介は顎《あご》を無意識にこすった。

「どうするかなって、どういう意味よ？」

いきなり須麻子の声に、金属的な驚きが混った。

「実はね」と彼は口ごもった。脇《わき》の下に冷たい汗が滲みだすのがわかった。

「実は話があるんだ」

須麻子の視線を避けるように、彼は自分の手をみつめた。

「ただ、何よ？」

「だからさ、きみのことが急に嫌になったとかそういうことでもないんだよ。ただ――」

「何のことよ？」

「別に他に好きな女ができたとかそういうんじゃないんだ」と彼は遠まわしに切り出した。

彼女は声をひそめた。

「何よ、改まって」

おうむがえしに須麻子が言った。

「このままずるずるやっていると、俺《おれ》たちは必ずだめになるような気がするんだ」

「そんなことわからないじゃないの」

「いや、きっとお互いを憎むようになるよ」

「私のこと、もう飽きたの？」

「そうじゃない。そんなんじゃないんだ。いいかい、そんな次元の低い話をしているわけじゃないんだよ」

そうだ飽きたんだよと言えたらどんなにいいかと、雄介は考えながら、そう言った。しかしその通りなのだ。なぜ言えないのだろう？

「じゃどういうことよ。説明してよ」

テーブルの上に投げだされている彼女の手が、力なく握りしめられた。

「少し、時間が必要だと思うんだ。俺たちには」

「なんのためによ？　どういう時間よ？」

握られた手が、苛立《いらだ》たしげにコツコツとテーブルを叩《たた》き始める。

「自分のことをみつめ直す時間だよ。二人の関係をみつめ直す時間」

「じゃやっぱり別れたいってことなんじゃないの、要するに」

彼女は少し身を引くようにして、斜めに躰をかまえると瞳《ひとみ》を光らせた。

「それは違う。全く違う。別れるなんてことは俺が意図していることと全然違うことだよ」

雄介は顔の前で手を振って言った。「むしろ別れないですますために、俺たち、少し離れて考えてみようというんだよ。わかる？」

いったい俺は何を言っているんだ、と彼は口の中に嫌な酸味を覚えた。

「全然わからない」

あまりにもきっぱりと須麻子が首を振ったので、雄介は唖然《あぜん》としてしまったほどだった。

「わからない？　全然？　じゃ今まで俺が喋ったこと、聞いてなかったの？」

「聞いてたわよ。一生懸命、一言残らず聞いたわよ。他に女ができたわけでもないし、私を嫌いになったわけでもない。だったら何が問題なのよ？　このままずるずる交際を続けること？」

「ならいいのよ。寿美世
「まさに、そのところなんだ。俺が心配しているのは」

「なら簡単よ。ずるずる中途半端にするのは止《や》めて、結婚しちゃったらいいのよ。寿美世たちみたいに。ね?」

「そんな単純なことじゃないだろう」

雄介は苦々しく言葉を吐きだした。「ちょっと考えさせて欲しいんだよ、俺は」

「結婚するかどうかってこと?」

須麻子の瞳孔《どうこう》が猫のように狭まった。

「結婚するとしたら、君とするよ。それだけは約束する」

「……」

「ほんとだって。将来、結婚するんなら君以外の女とはしない。ただ当分俺、結婚は考えていないんだ」

「当分って?」

ひたりとみすえてくるような眼の色で、須麻子が訊き返した。

「どうして君はいちいち、こっちの言葉尻にとびつくんだよ」

苦しまぎれに、雄介は大声を出した。

「私にとって、大事なことだからよ。当分ってどれくらい当分のこと?」

「三十前には結婚する気になれないんだ」

三十まであと四年ある。須麻子は二十八歳になっている。

「なんだそんなことなの」

とケロリとして彼女が言った。

「それくらいなら当然よ。初めから三十前なんて期待していなかったわ」

「し、しかし、三十になったから、すぐっていうわけじゃないしさ、第一、あと四年先のことなんて、お互いにわかんないじゃないか」

「そりゃそうよ。でも——」

「俺、自分も縛られたくないしさ、きみを縛りたくもないんだ。どうせ結婚すれば一生、ある意味で縛りあうことになるんだからさ」

「私、縛る気なんてないわよ。いつ縛った？」

「うん、わかってるよ」

雄介は手を伸ばして、ゴクリとビールを飲み干した。少し生ぬるくなっていた。こんなはずではなかったのだ。別れるつもりが、三十で結婚するみたいな約束をするはめになってしまっていた。どこでどうまちがえたのか、雄介は必死で考えた。

「さっきも言いかけたんだけどさ」

と彼は会話の軌道を修正して言った。枝豆もヤキトリもサラミも手をつけられないまま並んでいた。須麻子のビールの泡はすっかり消えている。

「一時的休戦協定みたいなものを結べないかな」

「喧嘩《けんか》しているわけでもないのに、何が休戦なのよ?」

「休戦協定みたいなもの、と言ったんだよ。つまり、一時的にちょっと——」

「ちょっと何?」

「一時的に別れてみようよ」

思い切って、彼は別れという言葉を切りだした。

「どうして?」

「どうして?」

「そう、どうしてよ?」

雄介はいよいよ自分が窮地に陥ったような気がした。どうして一時的に別れたいのか? つまり永久に別れるための、ステップとして、そうしたいわけなのである。それをどう彼女に言うべきか。

「風を入れるのさ、俺たちの関係に」

我ながらいい表現だと雄介は思った。「どこもいたんでいないつもりでも、家と同じようなもんでさ、見えないところがむれたり、腐蝕《ふしょく》したり、いたんだりするんだよ、男と女の関係だって。きみは不服かもしれないが、きみには見えていなくても、俺には見えている部分もある。俺は、俺たちの関係のどこかに、白アリが湧《わ》いているのが、何となくわかるんだ」

　雄介はますます自分の表現に酔って続けた。

「今手当てすれば間に合うと思うんだ。しかし今という時を逃すと、俺たちの関係は白アリに食い尽される。気がついた時には、屋台骨だけ残して、何もかも食い荒らされて、家はバラバラに解体する。この道理、わかるね？」

「白アリが、どこに巣食っているって言うの？」

　と須麻子は眉《まゆ》を寄せた。

「きみには見えないんだ」

「その白アリみたいなものが、仮に私たちに巣食っているとしてよ、風を通したら、消えてなくなるっていう保証はどこにあるの？」

「白アリ駆除の専門の会社に頼めば、七年間、二度と白アリが出ないことを保証するよ」

「そんな冗談止めてよ。面白くもおかしくもないわ」

　須麻子は表情を引きしめた。「私は認めない。一時的な休戦なんて言うけど、ほんとうは、そのままずるずると、別れちゃいたいってことなんじゃないの。要は」と須麻子はまなじりを上げた。

「もしもね。そうしたいんだったら、俺さ、ちゃんと今この場でそう言うよ。あれこれ前置きして何だかんだきみを丸めこんだりせずに、きっぱり別れようって、そう言うよ」

「じゃ言いなさいよ。きっぱり男らしく、あたしのこと嫌いになったから、別れたいって、そう言ってみなさいよ」

彼女はそう言って、顎を突き出した。

「それが事実俺の気持なら、俺、そう言うよ」

ほとんど涙がこぼれそうだった。雄介は髪を掻《か》きむしった。

「じゃ、別れたくないっていうのね？　私が嫌いなわけじゃないのね？」

「違うよ、違う、違う」

「ああ、よかった」と彼女は両手を胸の前で合わせて、力がぬけたように背中を椅子にどすんとあずけた。

「じゃなんで風を入れるなんて言ったのよ？」

「もういいよ。もうそれをむしかえすの止めてくれよ。もういいんだ」

雄介は手を伸ばして、枝豆をひとつつまんで、指を押して豆だけ口に入れた。茹《ゆ》ですぎて水っぽい味がした。

「ねえ、場所変えない？」

と不意に彼女が言った。「もっと感じのいい素敵な店に行って、食事して飲み直さない？」

彼はうなずいて腰を上げた。こうなったら、酔っぱらうほど飲んでやろうと思った。やけ酒だった。

数時間後、雄介は、彼女のたわわな乳房の下で半ば窒息しかけながら、あえいでいた。彼女の全身は汗ばみ、ほんのりとバラ色に染まっていた。彼はたて続けに、結婚しよう、と彼女の下で叫んだ。奇妙にも、そう叫ぶと、彼は興奮を覚えた。その時初めて、もしかしたら自分には自虐的な趣味があるのではないかと感じた。愛の終ってしまった女と結婚するのだ。快感と共に痛みが彼の中からほとばしり出た。

やがて彼女は彼の上から滑りおりて、ベッドに身を投げだした。長い沈黙が流れた。

「今の本気？」

と、少し違った声で彼女が訊いた。

「今のって？」

「結婚しようって何度もいったことよ」

「ああ本気。本気だよ」

けだるさと諦《あきら》めの気持の中で雄介はそう言ってうなだれた。

「酔ってんでしょう」

いぶかしそうに須麻子が呟いた。

「酔ってるから、本当のことが言えるってことがあるんだぞ」

「そう……」

心なしか青ざめて見える須麻子の横で、雄介の胸はもっと青ざめて沈んでいた。

曇りのち雨

低い鉛色の空が何日も続いている。湿度も急に高くなった。外気に触れると、眼《め》に見えない真綿にすっぽりとくるまれるような気がする。一年中で一番美しい季節は、いつのまにかあっけなく終ってしまった。そして一年の半分もじきに終るのだ。

美世子《みよこ》は自分でも気がつかないほど深い溜息《ためいき》をついて、机の上を片づけ始めた。金曜日の夜。二十七歳。恋人なし。以上三つの言葉が頭の中で弾《はじ》ける。二十七歳で恋人がいなくとも、金曜日でなければまだ耐えられる。あるいは恋人のいない金曜日でも、二十七歳でなければいいのだ。そう、悪いのは金曜日であること。そして二十七歳。

それから美世子は胸の中で呟《つぶや》き直す。ちがうわよ、問題は恋人がいないってことよ。

恋人のいない金曜日の屈辱。それがつくづくと身にしみて辛《つら》いのは、五月の美しい黄昏《たそがれ》刻《どき》である。

五月の夜をずっと耐えてきたのだから、六月だって耐えられる。トイレの鏡の前でメイクを直している同僚の女たちを眼の隅で眺めながら、彼女はそう自分に言い聞かせた。

ごく公平に見て、自分がそうした同僚たちに劣るとも思えないのだった。うんと見劣りがするというのなら、それはそれで納得がいくのだ。ところが彼女よりどうみてもはるかに見映えのしない女が、早々と結婚したり、すでに子供が生れたりしている。

「誰《だれ》か今晩あぶれてるひといなぁい？」

と左の方の洗面台で大友総子《おおともふさこ》が口紅を塗りながら、平べったい声で言うのが聞こえた。

「そんなひといるもんですか」

と誰かがそれに答えた。

「どうしてよ？」

別の誰かが訊《き》いた。

「それがさ、今夜あたしの彼が友だち連れて来るのよ。二対一で食事するの、しらけると思わない？」

ふと鏡の中で、大友総子の視線が美世子の顔の上に止った。

「そのひとね、アメリカ駐在で、二週間ばかり帰って来てるの」

美世子は慌てて視線を洗面台の中に落した。自分の眼がさもしそうに光りだすのを恐れたからだった。

「アメリカで何してんの、その人？」

と別の誰かが訊いた。あたりには化粧品の香料や香水の匂《にお》いが入り混って濃く漂っていた。

「商社マンよ」

美世子はていねいに手を洗った。他にもうすることがなかったからだ。

「ねえ、先輩」

と大友総子が言った。その場にいる五、六人の女たちの中で先輩と呼ばれるとしたら、自分しかいなかった。美世子は何故《なぜ》かドキリとして眼を上げた。

「先輩どうですか。年下の男もたまにはいいもんですよ」

まるでこちらの胸の内を見透したような表情だった。その短い言葉には、三つの棘《とげ》が含まれていると、美世子は咄嗟《とっさ》に感じた。二十七歳。金曜日の夜。恋人なし。

屈辱的だった。怒りで顔が赤くなるような気がした。

冗談でしょ、それほど暇じゃないわよ。第一年下の男になんて全然興味ないわ。そう言ってやりたかった。ほとんどそう言いかけた。けれども一瞬二十七歳の分別が働いた。

「年下の男には興味ないけど」

と、さりげなく美世子は言った。「でもお困りなら先約を断ってもいいのよ」

怒りにまかせてはねのけてしまうことばかりが能ではない。別の形で復讐《ふくしゅう》すればいい。

「いいんですかぁ、先輩？　冗談ですよ、冗談」

誘っておきながら総子は急に尻込《しりご》みするような感じで念を押した。

「いいのよ、電話して明日に変更するから」

紙タオルで濡《ぬ》れた手を拭《ふ》きながら美世子は、いっそうきっぱりと言った。

煮え切らない口調で、探るように総子は鏡の中で美世子を眺めた。

「どうしたの、気が変ったの？」

すくい上げるように相手を見ながら、美世子は言った。

「そうじゃないけど、無理させたらいけないと思って」

と総子は語尾を濁した。

「バカね。遠慮することないわよ」

さっさと歩きだしながら美世子はきびきびと言った。

「じゃ私、ちょっと電話してくるわ」

相手が何か言おうと口を開きかけている間に、美世子は洗面所から出ていったん机の前に戻った。

女たちの誰かが見ているわけでもなかったが、彼女は受話器を取り上げてでたらめのダイヤルをいいかげんに回した。

「というわけで、だめなのよ。悪いわね。じゃ明晩」

無人の受話器の中にそう一方的に呟いておいて、美世子はそっと電話を切った。我ながらつまらない工作をすると嫌悪感がつのった。

誰もいないと思っていたのに、斜め前の、ファイリングのむこうから咳払《せきばら》いが聞こえた。

「でも、悪いなぁ」

「今の伝言、大事なことかい」

からかうような声で、山下健二《やましたけんじ》が言った。

「何よ、嫌ね。ひとの電話を盗み聞きするなんて」

顔から火が出そうだった。美世子はそっけなくそう言って、その場を逃げだす態勢に入った。

「別に盗み聞きしようと思っちゃいないよ。自然に聞こえてきたんだよ。それにしても妙だな」

山下はのんきに言った。

「何が妙なのよ?」

もう五年近くも毎日見て来た顔だった。そこいら辺のキャビネットと同じように、いつもそこにある顔。美世子は改めて山下の、男にしては丸顔を眺めながら訊いた。

「いきなり、『と、い、う、わ、け、で』なんて言ったって相手にわかるのかい。それに——」

と彼はいったんそこで言葉を切るとニヤニヤ笑った。

「それにさ、都内にダイヤル六桁《けた》で通じる場所なんてあったっけ?」

「嫌な男《ひと》ね」

反射的にそう言って、美世子は山下にくるりと背中をむけた。

こんなに恥かしい思いを味わったことは、これまでの短いながらも彼女の生涯の中で、後にも先にもなかった。顔が赤くなり膨張し、冷たい汗が背筋をたらりと流れた。

美世子は懸命に言いわけを探したがみつからなかった。あるいはその場から駆けだして消えてしまいたかったが、足が釘《くぎ》づけになったように動けなかった。

すっとマッチを摩《す》る音がして、続いて煙草《たばこ》の匂いが鼻に届いた。

「先輩」

とオフィスの入口から、メイクを整えた総子が叫んだ。

「電話まだですかぁ？」

ロッカールームで着替えた白いドレスにサンダルシューズ。いかにも若々しい姿だった。

美世子は自分のロッカーの中につるしてある麻のプリーツスカートと、袖《そで》なしのブラウスを思い起して肩をすぼめた。

「相手の人に連絡できました？」

ディオリッシモの香りを漂わせながら、総子は歩いて来ると、首をわずかに傾《かし》げて美世子をみつめた。

「それが……」

と背後の山下の耳を意識して、美世子は追いつめられたような気がした。

「え？　だめ？」

美世子の表情を読んで、総子が眉《まゆ》を寄せた。

「ええ、それが……」

美世子は背後の男を憎んだ。かつて人をそれほど憎んだことはなかった。

「電話、だめだったんですか？」

なんとなく安堵《あんど》したような感じもしないではない言い方で、総子が言った。

「そうですか。ちょっと残念だけど、ま、仕方ないか」

元々降って湧《わ》いたような話なのであった。他人のデイトに便乗して金曜日をやり過ごそうと考えた精神がさもしかった。元のもくあみ。二十七歳。恋人なし。

「悪いわね、言い出しておいて」

力なく美世子はそう言った。

「いいんです。知らない相手でもないし、今夜はハンサムボーイ二人を前に、女やってきます」

総子はそう言ってはつらつと歩み去った。

美世子は、かったるい動作で机の上のハンドバッグを手にとった。

「なんだか、俺《おれ》、悪いことしちゃったのかな」

と、背中に山下の声がした。

「俺、余計なこと言っちゃって、きみのデイトをぶっつぶしちまったのかな？」

「別に、あなたがぶっつぶしたわけじゃないわよ」

と、闘争的であることを急に止《や》めて、美世子は呟いた。山下健二の前で気取ることはなかった。

「自分でぶっつぶしたのよ」

「しかし」

と山下は煙草を灰皿の中にひねりつぶしながら口ごもった。

「ハンサムボーイとのダブルデイトだったんだろう？」

「そんなこと、あなたに関係ないじゃない」

美世子はケンもホロロに言いながら机を離れかけた。

「でも俺が余計なこと言わなければ、キミは孤独な金曜日の夜を過ごさずともすんだわけだ」

「放《ほ》っといてよ」

「俺に隠すことはないよ」

山下はやけにしんみりとした声で言った。「キミがどれだけ孤独かってことくらい、知ってるさ」

背後からグサリと短刀で刺されたような気がして、美世子はその場に立ちつくした。

「ごめん」

と山下が言った。美世子はその言葉を払いのけるように言い返した。

「そんなことどうしてあなたになんてわかるのよ!?」

二十七歳の孤独がそう簡単にわかってたまるか、と彼女は内心で呟いた。そんな生やさしいものじゃないんだから。一人でする食事。一人で立ち寄るバー。一人で観《み》る映画。一人で行く音楽会。考えただけでも吐き気がする。吐き気のする孤独について、眼の前のじゃがいも顔をした不細工な男に何がわかるというのだろう。突然激しい怒りが突き上げて来た。「あたしがどんなに孤独かなんてこと、あなたみたいな男にどうしてわかるっていうのよ？」

「それがわかるんだよ」

と、とても静かに山下が答えた。美世子の強い言葉とは正反対の沈んだ調子だった。

「なぜかというと、俺も同じだからさ」

はっとして彼女は彼を見た。

見なれた顔のはずなのに、その眼の色に胸を突かれた。その眼の色を彼女は見たことがなかった。そしてそんな眼の色をした男を、彼女は知らなかった。見なれた顔が、急に初めて見るひとのように、美世子の眼に映った。

「俺も、そうなのさ」

と今度はわずかに自嘲《じちょう》をこめて山下が言った。

「だからここでこうして坐《すわ》っていると、斜め前のきみの淋《さび》しさがよくわかった」

でもあたしには、彼の淋しさがわからなかった、と美世子は半信半疑で思った。彼がそこにいて孤独をかこっているということすら思い至らなかった。第一、彼という男が、いつも斜め前にいた、ということ、そのこと自体に気をとめなかった。

「私は知らなかったわ」

と、半ば茫然《ぼうぜん》として、美世子はもう一度その初めて見るような気がする丸顔の男を眺めた。

「それはね」

と山下が口ごもった。

「きみがあえて知ろうとしなかったからさ」

横顔に影が差し、その角度から見ると彼はそれほど丸顔には見えなかった。

沈黙が流れた。ロッカールームで着替えた女の子たちが三々五々帰っていく。男の幾人かは部屋の隅で雑談風の立ち話をしている。

「しかし、それだけのことさ。たいした問題じゃない。淋しい男と淋しい女が対面《たいめん》で何年もそれぞれの淋しさを託《かこ》っていた、と」

と彼は他人《ひと》ごとのように呟きながら、椅子《いす》の背にかけてある夏物のジャケットを取り上げた。

「変な意味じゃなくてさ、さっきは悪いことをした。見て見ぬふりをするのが男のやり方なのに、つい口が滑っちまった。つぐないと言うと何だけど、飯でもご馳走《ちそう》するよ」

山下はそう言って、上着を肩にひょういとかけて立ち上がった。

「そのこと二度と言わないで。思い出すたびに冷や汗が出るわ。二度とあの嘘《うそ》電話のこと口にしないって約束してくれるんなら——。でも夕飯ご馳走してもらう理由はないから、割り勘ということにしない？」

男と夕食の約束をするというような、心ときめく感じではなかった。

「五分待っていて」

と言って、美世子はロッカールームに着替えに消えた。

そこは、二十人も入れば一杯になるような小さなイタリア料理の店だった。にんにくの焦げたいい匂いとオリーブ油の香りが漂っていた。

「いい店ね。よく来るの？」

美世子はあたりを見廻《みまわ》しながらそう訊いた。

「たまにね」

メニューを拡《ひろ》げながら山下が答えた。

「女の人と？」

「野郎とこんなところで飯食ったってしょうがないよ」

と山下は苦笑した。

「ガールフレンドいないって言ったじゃないの」

美世子はからかうような口調で言った。

「厳密な意味じゃないないよ。でもさ、俺も一応男だからさ、酒の勢いかなんかで知らない女の子口説いたりするじゃない。そういう時、流れでこういうレストランに連れて来るわけ」

「へえ。それで成功率は」

「七・三かな」

「どっちがどうなの？」

「七割がた振られる」

山下の率直な言い方に、美世子は思わず微笑した。

「男のひとっていいわよね」

「どうして？」

「知らない女でも口説けるからよ。女の方から男に声をかけるなんて、まずできないもの」

「けっこうそうでもない女が最近は多いみたいだよ」

それから彼は美世子に「何にする？」と訊いた。

「私、この唐辛子とニンニクのスパゲッティーに、トマトのサラダを頂くわ」

「それだけ？　俺も同じスパゲッティーに、オッソ・ブッコをもらうかな」

注文をウェイターに告げると、山下はメニューを下に置いた。奥の方から若い女の笑い声がしていた。イタリア民謡を歌うテナーの声が、どこかに隠してあるスピーカーから流れていた。

「去年の夏休みにさ、俺、東京にいてもしょうがないからローマへ行ったの」

イタリア民謡に耳をかたむけていた山下がふいに言った。

「一人で？」

「うん。つくづく思ったね。ローマみたいな所へ一人で行くもんじゃないって。絶対に好きな女と来るべきだって」

「そりゃそうよね」

「でさぁ、俺絵葉書、書いたんだ。会社中の女の子十人ぐらいに。全員同じ文句。――きみと来たかったって」

「なんでそんなに出したの？」

「そうすりゃジョークですむからさ」山下はちょっと遠い眼をした。「でも結局、一番惚《ほ》れている女には出せなかったな。アドレスと名前と切手まではったんだけど」

「その絵葉書――」

と美世子は呟いた。「そのあとどうしたの？」

「今でもどっかにあるよ」

「もう出さないの？」

「あぁ」

「でも出さなければ、永遠にあなたの気持、わからないわよね」

「多分ね」

山下の瞳《ひとみ》がキラリと光った。

「葉書、出した方がいいかな」

なんだか息苦しくなって美世子は眼を逸《そ》らせた。その瞬間、彼女の視界に見憶《みおぼ》えのある姿が過《よぎ》った。

「あら」

とむこうのテーブルから立って来た若い女が驚いて声を上げた。

「先輩！」

大友総子だった。

「いやだぁ、先輩」

連れの男たちに何か言うと、二人の若い男が立ち止っていっせいにこちらを見た。

「あらまあお揃《そろ》いで」

と総子は今度は山下に言った。奇妙な猫撫《ねこな》で声だった。

「そういうことだったんですかぁ」

と総子はしたり顔で二人を交互に見比べ始めた。

「ちょっと大友さん、ちがうわよ、誤解よ」

と美世子は慌てて言った。「そんなんじゃないわよ、全然」

「いいじゃないですか、先輩。中々いいムードですよ。それにお似合いよ、ね?」

と総子は連れの男たちをふりむいた。

「冗談言わないでよ。困るわほんとうに」

美世子はむきになって総子の腕を引いた。

「変なうわさ、たてないでちょうだいよ。いいわね?」

「そんなにむきになるところを見ると、かえって怪しいなぁ」

総子は眼をくるくると動かした。

「絶対違います。神かけてありえないのよ」

「いいからいいから」

と総子は笑いながら言った。「火のないところに煙は立たない。ではどうぞごゆっくり」

それだけ言うと、男たちを従えて、彼女はひらひらと歩み去った。ディオリッシモの香りが残った。

しばらく沈黙が続いた。沈黙を先に破ったのは山下の方だった。

「必死で否定したね。あんなに真剣な顔を見るの初めてだったよ」

静かな、沈んだ言い方だった。

「だって――」と美世子は口ごもった。

「あのひとお喋りなのよ。明日になったら何言われるかわかったもんじゃないわ」

その様子が眼に見えるようだった。

「きっと、あることないこと尾ヒレがついて、当分物笑いの種だわ」

「物笑いの種、ね」

と山下は美世子の言葉を口の中で転がした。

「きみがそんなに困るんなら、俺、会社中を打ち消して回ってやるよ」

苦い口調だった。

「そんなつもりで言ったわけじゃないのよ」

さすがに恥かしくなって美世子は口ごもった。

「俺と一緒で、きみがそんなに恥じいるとは思わなかったから」

「そんな……」

「悪かったな、恥をかかせて」

ついさっきまでの、ローマの話をしていた時の山下とは、別人のように冷めた表情だった。気づまりな空気が二人の間にたちこめた。

「さっきの話だけど」

とやがて山下が言った。

「ローマから絵葉書出さなくて、やっぱり正解だったよ」

彼の手が伸びて伝票を取り上げた。

「待ってよ」

と美世子は言った。

「せめて食事だけでもすませて行ってよ、お願い」

その声の調子に、山下は浮かせかけた腰を、元に戻した。

「あなたを怒らせちゃって悪かったけど、今夜、夕食に誘ってもらったことだけは、とてもうれしかったのよ」

「そうは思えないよ」

山下は傷ついたことを隠しもせず、そう言った。

「でもそれは本当よ。金曜日なのに、地下鉄に乗って誰もいないアパートに帰ることに比べれば――」

「たとえ俺でもまし、ってわけさ」

美世子の言葉尻を途中でさらって、山下が言った。

「違うのよ。そうじゃないわ。色々なことが一度に起り過ぎたのよ」

美世子は言葉を懸命に探した。

ローマのことは、別の時に話して欲しかった。物事には順序というものがあるじゃないか。二度か三度一緒に夕食をしてから、話してくれても遅くはなかったのだ。

それに、大友総子。絶妙のタイミングで出喰《でく》わしてしまったものだ、と美世子は皮肉に思った。あんなふうに言われれば、誰だって必死で二人の関係を否定するものではないだろうか。

彼は想像つかないかもしれないけど、一晩で二つもデイトの誘いがかかるなんてこと、あたしの人生にはなかったのだ。一晩にひとつだって、めったにないことなのに。

二人の眼の前で、半分くらい残っているスパゲッティーが冷めかかっていた。

「俺もばかだよな、この五年間のきみの態度を見ていりゃ、俺なんてまるっきり眼中にないことくらい、嫌っていうほどわかっているのにさ、つい――」

「知らなかったのよ」

「もういいよ。もうわかった。これ以上恥はかきたくない。よかったら出ようよ」

美世子はうなずいた。

レジのところで彼女は財布を取りだした。

「ここはいいよ」

「そんなわけにはいかないわ」

「最後まで俺に恥かかすんだな」

「そういうわけじゃないのよ。ただもう、この借りを返すチャンスはないと思うから」

なぜか胸が痛んだ。千円札を二枚、山下の手に押しつけておいて、彼女は先に店の外に出た。

湿り気を帯びた夜気が、なまあたたかく彼女の肌にまとわりついた。

「じゃ」

と、それだけあっさり言うと山下が右の方へ歩きだした。二度と振り返らなかった。

彼女は、彼の怒りや傷がまるきり理解できないわけではないが、とても理不尽なことのような感じもぬぐえないのだった。

もしも、と美世子は思った。もしもあの時大友総子たちに偶然逢《あ》わなかったら、全《すべ》ては違った方向に流れて行ったのに違いない。

そしてもしも、ファイリングのすみで、美世子の嘘電話を山下が聞いていなかったら、今頃彼女は、総子たちに混ってどこかでお酒を飲んでいるのかもしれなかった。そして山下健二の気持など、永久に知ることもなかったのだ。

ぽつりと水滴が彼女の口の脇《わき》にあたった。つづいてまた一滴、今度は腕を濡らした。二十七歳。金曜日。恋人なし。また振りだしに戻ったわけだ。美世子は歩みを速めた。

通り雨

りだった。

雨が突然に降りだした。埃《ほこり》っぽいアスファルトに、黒い大きな染みがひとつ、またひとつときて、あとはいきなりだった。

またたくまに水びたしになった歩道に、激しい雨足が白い煙のような飛沫《しぶき》を上げた。路《みち》子《こ》は踝《くるぶし》にまとわりつく水気にうんざりしながら、咄嗟《とっさ》に本屋の軒先に飛びこんだ。

甘いようなカルキ臭があたり一面にたちこめ始めていた。都会の雨の匂《にお》いである。田舎では温かい土の少し生臭い匂いがする。路子は上田《うえだ》で両親と住んだ土地の雨の記憶を一瞬重ねた。

肩も髪も背中も濡《ぬ》れてしまっていて、背中に貼《は》りつく麻のブラウスの感触が気持が悪かった。同じように急な雨を避けるために飛びこんで来た人たちで、本屋の軒先には、もう立錐《りっすい》の余地もない。濡れた人間の肉体が放つ獣的な匂いで、ほとんど気分が悪くなりかかるほどだ。人間は獣の仲間なのだ、と思うのはこんな時である。

また一人、長身の男が飛びこんで来て路子のすぐ前に背中をむけて立ち塞《ふさ》がった。あっというまのできごとだったが、その顔、肩、胸の厚み、腰、つまり男の全《すべ》てに記憶があった。束の間言葉もなく男の広い背中をみつめた。膝《ひざ》が萎《な》えそうだった。

彼女は思いきり息を吸いこむと、右手の指で男の肩胛骨《けんこうこつ》のあたりを軽く叩《たた》いた。

西沢《にしざわ》は首だけ捩《ねじ》るようにしてふりむくと、路子を見た。

「あれ、なんだ、きみか」

苦笑で始まった笑いがすぐに屈託のない表情に切り替えられるのを、路子は相変らずだと思いながら眺めた。

「久しぶり」

つとめて平静な声で路子は言った。

「それにしてもさ、もう何年になる?」

西沢は躰《からだ》の向きを斜めにしてそう訊《き》いた。そのあたりで雨宿りしていた人々の眼《め》と耳とを充分に意識した態度だった。

「七年」

路子は答えた。

「へえ、あっというまだな。七年とは、信じられない」

そのように微笑されると女たちは着ているものを脱ぎたくなるような、あの独得の唇の片方の端を歪《ゆが》めた笑いが、西沢の顔に浮かんでいた。かつて路子もそういう女の一人だった。彼女はほろ苦い悔恨にかられながら、男の顔の上の微笑に見惚《みと》れた。

「今どうしてるの？」

と西沢が訊いた。

「働いているわよ、人並みに」

今眼の前にいる男の妻になるはずだったことを思った。あの当時、それ以外のことは考えられなかった。しかし、そんな時代があったことが、今となっては夢のようだ。

「お茶でも飲もうか」

と西沢が誘った。そうしたいからというより、事の成行き上そうせずにはいられないからみたいだった。あたりにはたとえ見知らぬ人々とはいえ、二人のひそかな再会劇を眼の隅で見守り耳で聞いている人たちがいた。その人々の期待を裏切るわけにはいかなかった。

「雨、止《や》むかしら」

路子はまるで夜のように暗くなってしまった空を見上げた。

「通り雨だよ」

西沢は誰《だれ》にともなくそう言った。そして二人には続けるべく会話がなくなった。つまり周囲に舞茸《まいたけ》のようにそそりたって聞き耳をたてている見知らぬ他人を意識しながらの会話は――。

「どういう仕事しているの？」

西沢が声を落して訊いた。

「普通の、ＯＬ」

「事務とか？」

「ワープロ叩いているわ」

「機械に弱かったんじゃなかったっけ？」

「事務にもね。働きに出るつもり、なかったから」

最後の言葉に弱い棘《とげ》があった。再び沈黙になった。

「ちょっと走ろうか」

「そうね」

飛び出すのには勇気の要る雨足だった。

「どうせ濡れてるんだ」

「いいわ」

と同時に二人は本屋の前から雨の中に走り出た。

「どっち？」

顔を雨に叩かれながら路子が訊いた。西沢は左の方角に彼女を引っぱって走り出した。

こんな時に限って喫茶店などみつからないものである。二百メートルあたりの所で二人は頭のてっぺんから爪先《つまさき》まで、全くの濡れねずみとなった。

そのお互いの姿を眺めあって、とうとう二人は笑いだした。そして歩調を緩めて並んで歩いた。時々肩がぎこちなくぶつかった。だが悪い気はしなかった。

高速道路と道がぶつかる手前に、ガラス張りのカフェバーがみつかった。西沢がドアを押し路子を先に店内に通した。

店内は空《す》いていて冷房がききすぎていた。西沢はアイスコーヒーを注文したが路子は熱いココアを頼んだ。

飲みものが運ばれてくるまで、二人は喋《しゃべ》らなかった。熱いおしぼりで腕や首筋の雨を拭《ふ》いた。そうするだけでベタついた感触が消えた。

「七年といわれて驚いたけど、あまり変ってないね」

「誉《ほ》め言葉のつもり？　変ったって言われた方がうれしいけどな」

愛想良く笑ったが、二人切りになって最初の言葉にしては、ありきたりだと思った。もっとも何をどんなふうに言われたら嬉《うれ》しいかと訊かれると自分でもわからないのだが。

「あなたは変ったわね」

「そう？　どう変った？」

西沢は心から訊きたそうな顔をした。

「前ほどキリキリしていないし、ひと皮むけたって感じ」

「人生、ある時点で諦《あきら》めが肝心だからな」

ふと西沢は遠い眼をした。ガラス窓の外は急に小降りになったせいか、人通りが多くなっている。

「ほんと。何を諦めたんだか」

路子は口調が酸っぱくならないように気をつけて言った。

「野心、夢、女、金、色々さ」

不意に突き放すように西沢が呟いた。彼は今でもほっそりとしていて、イタチ科の動物を思わせた。

イタチ科だというような見方が出来るほどに、自分は年を重ねたのだと、路子は考えた。あの頃《ころ》はただ夢中だった。

「よく電話するって言って、すっぽかしたわね、覚えていないでしょう」

「そうだった？　わりかしマメに電話したと思うけど」

「マメだったのは最初の内だけよ。あとはひどいものだったわ。ほんとうに覚えていないの？」

「ずいぶん電話代かかったのは覚えてるけどさ」

「じゃ他の女にかけてたんでしょう」

路子は薄く笑った。

「あたし、三日間電話の前から一歩も離れないで待ってたことあったわ」

「一歩も？」

西沢は眼を見張った。

「ほとんど一歩も。シャワー浴びる時もトイレも、音が聴こえないと困ると思って、ドアを開いたまま……。夕食のおかず買いに出るのも止めて、生卵かけて食べたわ」

三日間みつめつづけた電話はサモンピンクだった。

「そんな大事なことなら、そっちから電話をしてくれればよかったじゃないか」

と西沢は言ってストローからアイスコーヒーを啜《すす》った。

「用事なんて特になかったし。あなたが電話するよって言ったから、待ってたのよ」

「三日間一歩も離れずにか？」

「そうよ」

「しかし、なんだね」

と西沢は意味もなく頰《ほお》をこすり上げた。

「そういうのって妙な気持だよな。そっちが多分眼つり上げて電話の前で待っていた時にかぎり、こっちは他愛のないどうでもいい奴《やつ》らと、飲んだりくだ巻いたりしててさ。ケロッと忘れてたのに違いないんだ」

「あの時もあなた、そう言ったわ」

「だろう？　そんなもんだよ」

二人は急に黙りこんだ。雨は完全に止んでいた。空が少し明るくなり、黄昏刻《たそがれどき》特有の透明感のあるブルーをとり戻していた。

だけど、あの三日間、あたしはある意味で命がけだった。一分一分時間がつのるごとに、命がけになっていったみたいだ、と路子は胸の中で考えていた。彼が友だちと食べたり飲んだりしている時に、あたしの方はほとんど命がけで電話の前に坐《すわ》っていたのだ。今では何でもないことだけど。今なら笑えるけど、あの時は必死だった。毎秒、眼がこめかみの方に向けて釣り上がっていくのが感じられた。次第に追いつめられ、頑《かたく》なになっていく自分がわかった。

三日目に、突然頭の中で何かがプツンと音をたてて切れた。するともう何がどうでも実に良くなった。

「電話しなかったのが、別れたいっていう理由だと知って、俺《おれ》、愕然《がくぜん》としたよね」

「でしょうね。わかるわ」

「嘘《うそ》だろうって――」

「若い時って、そういう小さなことが、全面的に意味もったりしちゃうのよね。電話のことくらいって思うけど、その電話に全てを託したりしてね」

「そんなもんかね」

西沢は少ししらけたようにそう言った。

「そうよ、そんなものなのよ、若い時って」

自分自身に言いきかせるような感じで路子は言って、ひとりでうなずいた。アイスコーヒーをもつ西沢の左手に結婚指輪が鈍く光っていた。

「結婚は?」

と相手が唐突に訊いた。

「え?」

路子は狼狽《ろうばい》して訊き返した。

「結婚、したの?」

西沢が質問をくりかえした。

「二十九よ、あたし」

と路子は当然といわんばかりに答えた。「してるわよ、結婚くらい」

男の視線が指輪のはまっていない薬指に止ったような気がして、彼女は我にもなく赤くなった。

「指輪してないから疑ってんでしょう?」

「いや、別に疑っちゃいないよ」

「普段は指輪しないのよ。水仕事とかですぐ脱《ぬ》けやすいから。一・三カラットのダイヤ、失《な》くしたら怒られるもの」

「うん」

西沢はまだ濡れている歩道に視線を逸《そ》らせた。

「あれからすぐしたのよ、翌年」

「雨、止んだよ」

聞こえなかったみたいに、彼が呟いた。

「結婚して二、三年して、遊んでるのももったいないから、仕事でもしようかと思って。別に生活に困っているってわけでもないんだけど、自分の使う車くらい自分で買いたいじゃない」

「何してるの?」

「言ったでしょ、ワープロ打ってるのよ」

「違うよ、彼」

「彼? ええと彼はサラリーマンよ、単なるサラリーマン」

路子は下唇を軽く咬《か》んだ。「丸紅、丸紅に勤めてるの」

西沢のアイスコーヒーが空になり、ストローが空気の混った音をたてた。彼はそれをテーブルに戻した。

「あなたは?」

ココアが手をつけられないまま温《ぬる》くなっていて、表面に牛乳の膜ができている。

「俺?」

「そう、結婚」

「うん」

西沢は肩をすくめた。路子はココアに手を伸ばし口元まで持って行った。そして意味もなく冷ますような感じで空気を吹いて、膜に皺《しわ》が寄るのをみつめた。

「子供、いるんでしょう?」

「まあね」

「何人?」

「二人」

と答えて彼はチラッと路子を見た。「ま、平均的にやってるよ」

「子供、いくつといくつ?」

ミルクの膜をみつめながら、遠い感じの声で路子が訊いた。

「下が三つで上が六つ」

ゆっくりとココアの入ったカップがテーブルに戻された。

「上の子、六つなの?」

声が硬張《こわば》っていた。

「今年から学校。早いもんだな」

西沢はもう一度路子を盗み見た。

「じゃ結婚したの、あれからほとんどすぐなのね」

彼を見ずに硬い声のまま彼女は言った。

「そんなにすぐってことじゃなかったと思うけどね」

西沢は内ポケットからマイルドセブンを取り出して口で一本抜きとりながら言った。

「だって子供六つなんでしょ？　あたしと別れるや否《いな》や他の女の人と結婚したんでなければ、計算合わないじゃない」

「別れるや否やだなんて、変な言い方するねぇ」

彼は思わず憮然《ぶぜん》としたように言った。

「でもそうじゃない！」

不意に大きな声が出た。近くにいた二人連れが同時にふりかえって彼女を眺め、それから西沢を眺めた。

彼は鼻白んだように吐いた煙の行方を眼で追っていた。

カフェバーのドアが開いて、若い女が三人喋りながら入って来た。路子たちの方をじろじろ見ていた男女の視線がそっちへ逸れた。

「きみと別れた後で俺が誰といつ結婚しようと、関係ないと思うがね」

灰皿の中に突き刺すようにして煙草《たばこ》の火を消しながら、西沢が言った。

「あまり気分いいものじゃないわ」

男の手元を見ながら、彼と同じような物の言い方で路子が言った。

「そっちだって一年で結婚したんだろう」

「一、一年は待ったわ」

「待ってくれなどと言った覚えはないぜ」

「でも、それ一種のモラルじゃないの?」

「関係ないね」

西沢は苦笑した。

「じゃもしも、あの電話のことで大喧嘩《おおげんか》しても、あのまま別れなかったら? そしたらどうなってたっていうの?」

「同じことさ」

「え? 同じことって?」

「電話のことで大喧嘩しなかったら別のことでやりあってたさ。結局上手《うま》くいかなかったと思うね、相性の問題だよ」

「今の奥さんとは相性が合うってわけ?」

「ああ、少なくとも、電話の前で三日も坐ったきりで待つなんていう執念深い女じゃないってこと」

「好きだったから、待ってたのよ、そんな言い方ってない」

路子は思わず涙ぐみそうになった。

「でもさ、誰かが電話の前から一歩も離れずに三日三晩俺のこと待ってたなんて訊くとさ、思わずグヘェッとなったよね、実際のところ。止めてくれよ、ってさ。別に頼みはしないよ、そんなこと。勝手に三日も待ってさ、恩きせられちゃたまんないってこと。想像しただけで、肩のあたりがじわっとして来たものな」

「たった一本の電話がどうして出来なかったのかってことの方が、よっぽど問題だったのよ。だって、ダイヤル回すだけでいいのよ。あたしはあの家にずっといたんだし、そのことは知ってたはずでしょ。あなたは電話をくれると言った。だからあたしは待っていた。電話をして来た時にいないと、またいつかけてくるかわからないから、出かけられなかった。二日目はもっと出かけられない気持になって、三日目になると、もうだめ。何かが切れちゃった。修復できない何かが切れちゃったのよ」

「狂ってるよ」

「電話するって言って、して来ないってことの方が問題よ。そういうことのくりかえしだったわ、あなたって。あたし疲れちゃったのよ」

「俺だって同じさ。そういう女に、俺も疲れたのさ」

「だからっていって、別れるなりすぐに別の女と結婚することないじゃない。まるであたしに対するあてこすりみたいだわ、それじゃ。子供が六つですって？　冗談じゃないわ。

まるで騙《だま》されたみたいな気がする」

「騙すなんて人聞きの悪いこと言うなよ、今更」

西沢はきつく眉を寄せた。

「でもそうなんでしょう？　その女のひととあたしと、同時進行でつきあっていたんじゃないの？」

「ちがうよ」

とうんざりしたように西沢は言った。「しかし、もういいじゃないか、大昔のことだぜ。今頃になって蒸し返すなんて、実際驚きだよ。そっちだって結構幸せにやっているみたいじゃないか。ご亭主は丸紅のエリートらしいし、きみはきみで二台目の車を買うために働いているというしさ」

「買ったわよ、もう、車」

反対側の歩道に落ちる青いネオンサインをみつめながら、路子が言った。

「ふうん、そう。何？」

「何が？」

「車の種類だよ」

「あ、車種ね。ミニ。オースチン・ミニ」

ネオンサインが青から真紅にパッと変り、濡れた歩道に血が滲《にじ》んだみたいになった。

「あれ小さいけど、内部は結構広いんだよな。不思議な車だよね」

「小まわりきくから」

「色は真赤なの」

「そうそう」

「遠乗りには向いてないけどね」

「遠乗りは彼ので行けばいいさ」

「ホンダなの。アコード」

「ほんと」

彼女は彼の顔をチラリと見て、すぐに眼を逸らせた。

「上の子って、男の子？」

「いや、娘」

「名前、なんてつけたの？」

「トモ」

「トモ？　どういう字」

「友だちのトモ」

「いい名前じゃない」

「まあね」

「子供って、可愛《かわい》いものなの？」

「理屈抜きに可愛いものだよ。子供、作らないの？」

「というわけでもないけど。子供って、しばられるじゃない」

「今流行のＤＩＮＫＳやってるんだ。ダブルインカム・ノーキッズ。格好いいんだ、きみ」

西沢はそう言って伝票に手を伸ばした。

「急ぐの？」

咄嗟《とっさ》に路子が訊いた。「急いで帰らなくちゃいけない？」

「どうして？」

「久しぶりに逢《あ》ったんだもの。もう少し話したいわ。よかったら軽く食事でもしない？」

「食事は家でするって言って来たから」

と、彼は煮え切らないように答えた。

「じゃ一杯つきあってよ。一杯飲んで帰ったって、奥さん怒らないでしょう」

「それはまあいいけど……。きみの方は？」

「全然平気よ」

「一応夕食の用意みたいなことするんだろう？」

「そんなこと、どうでもいいじゃないの。あなたに関係ないんだから」

急に苛立《いらだ》ちをつのらせて、路子が言った。

「ひとの結婚生活のことに、あれこれ首突っこまないでよ」

「別に首突っこんでやしないよ」

西沢は面白くなさそうに言って伝票を丸めた。「第一、興味もないよ」

「じゃなんで訊くのよ、夕食に何を食べるかなんて」

「そんなこと聞いてやしないよ」

「わかってるわよ、あなた疑ってるんでしょ？」

「疑う？」

「そうよ、顔に描《か》いてあるわよ」

そう言われて、西沢は思わず自分の顔を手でこすり上げた。

「あなた、疑ってるわ。あたしが嘘ついてるって」

「勝手に妙な解釈をするねぇ」

「わかるもの。オースチン・ミニも嘘。結婚しているというのも嘘。そう思ってるんでしょ？」

「全然！　そんなこと考えもしないよ」

「いいじゃないの、本当のこと言いなさいよ。でも何であたしがそんなことで嘘つかなければならないのよ？　そこのとこ、教えてよ？」

「冗談じゃないよ。俺の方こそ、教えて欲しいよ」

「何を？」

「だからさ。そんな変な言いがかりをつけられる理由だよ。ほんとのこと言って俺、おたくが結婚していようと、していまいと、実にどうでもいいんだよ、ほんと、関係ないよ」

「嘘ばっかり。気にしてたわよ。あたしがあなたと別れて一年以内に別の男と結婚しちゃったって言った時、すごく傷ついた顔していたわよ」

「俺が？」

今にも笑い出しそうに西沢が言った。「傷つきゃしないよ、そんなこと。むしろほっとしたんだぜ、きみのために、良かったと思ってるよ。俺ばっかり結婚して子供がいるんじゃ、やっぱり多少は後ろめたいしさ」

「ほんと？」

「そりゃそうだよ」

路子の眼が妙な具合に光った。

「ほっとしたって言ったわね、あたしが結婚して……？」

「うん、言ったよ。ほんとうにそうだもの」

「そんなに簡単にほっとさせてあげるわけにはいかないのよね」

「え？」

「ほっとしてなんて欲しくないのよね。ほっとなんて、させてあげないわよ」

西沢が腰を浮かせかけた。

「あたし、結婚してなんていないわよ。一度も結婚したことないの。あれからずっと一人」

「……」

「ずっと一人だったわ、七年間。七年もよ。毎日毎日ずっと一人。同じ家に住んでるわ。父は四年前に亡くなったけど。電話番号も同じよ。覚えてるでしょ？　八五三の一六九〇。ねぇ、電話くれるって言ったじゃない？」

「え？」

西沢の顔が青ざめた。

「電話するって。待ってるのよ、あたし。きのうも会社から帰って、ずっと電話機みつめてたわ。シャワーも入らないで、ずっと待ってたのよ」

西沢はそわそわと立ち上がると言った。

「やっぱり俺、帰るよ、悪いけど」

すると路子の顔にひどく傷ついたような表情が浮かんだ。

「どうしても？」

「ああ、すまないけど。また」

「じゃいいわ。でも――」

と言って路子は期待するように微笑した。「電話くれる?」

西沢は後退《あとずさ》った。

「ねぇ、電話くれる?」

「ああ」

苦しまぎれに彼は言った。「電話するよ」

そして踵《きびす》を返した。

「待ってるわよ、電話の前で。忘れないでね」

と、その背中に路子が言った。

同僚

「麻衣《まい》ちゃん、電話」

と京子《きょうこ》が片眼《かため》をつぶって受話器を差し出した。

「ありがと」

ぱっと胸の中が晴れ上がるような気分で麻衣はそれを取って耳にあてた。

「はい、麻衣です」

つい甘い声になる。

「約束破っちゃやだめだよ」

といきなり福本四郎《ふくもとしろう》の声が言った。

「え？　何のこと？」

「そっちから連絡取らない約束だろう？」

福本の声は不機嫌なままだ。

「あら私、電話してません」

怪訝《けげん》に思って麻衣は呟《つぶや》いた。残暑の続く昼下りだった。相手はどこかの公衆電話からかけているのだろう。背後を走りぬける車の音や警笛《ホーン》の音が混っている。湿気《しけ》た高温の空気に混るガソリンや近くの生ゴミのポリバケツから流れ出る悪臭などが、なぜか麻衣の鼻の奥に充満する。想像力が豊かなのも困りものだった。

「今、外から？　暑くて大変ね」

とだから、つい同情をした。

「当然だ。社内からこんな私用電話がかけられるか。女のところになんて」

福本は苦々しく言った。

こんな電話？　女のところになんて？　そんな言い方をするのは初めてだ。麻衣はドキドキした。不安で胸がこんなにドキドキするのも初めてだった。

「ほんとうに、電話なんてこっちからしてませんから」

「へえ。宮本《みやもと》麻衣っていう伝言メモがあったけどね。宮本麻衣って、おたくのことじゃないの？」

「おたくだなんて言い方、嫌いよ」

ますます傷ついて麻衣は言い返した。

「でも何かのまちがいよ。神かけてあなたの会社になんて電話していない」

「きみも強情だな。認めたらいいじゃないか。素直に謝ればまだ可愛気《かわいげ》ってものがあるよ」

「だって認めないもの。絶対あたしじゃないもの」

麻衣は泣きたいような気分だった。

「じゃ、誰《だれ》なんだ？」

「知らないわよ、そんなこと」

「誰が何のために、きみの名前を使って電話して来たんだ？」

「だから知らないって。あたしの方こそ、その理由を知りたいくらいだわ」

ふと相手が黙った。

「嫌がらせのつもりなら……」

と福本が言った。

「そんなつもりないにきまってるでしょ。どうしたの？　急に変よ。いつものあなたと違う人みたい」

「違わないさ。僕だよ」

「あたしの言うこと、全然信じてないんだもの」

「当り前じゃないか。きみの名で僕に電話をしてくる人間は、きみしかいない」

「でも違う。本物のあたしならしない。社に電話をしない約束したんだから、最後までその約束守るつもりだったわ」

「つもりだった？　じゃやっぱり最後に約束を破ったんだな」

「そういう意味じゃないっていうのに」

ついに腹が立って麻衣は大きな声を出してしまった。横で京子が脇腹《わきばら》を指で突いて、しいっと言った。社内の何人かが麻衣を見た。

「とにかく、絶対に困るんだ。若い女から電話などかかったら社内の評価はガタ落ちだからな」

「もうしないわよ」

と、苦しまぎれに麻衣はか細い悲鳴のような声で送話器の中に言ってしまった。自分のしたことでもないのにそれを認めるような言い方をしてしまったことで、口の中が苦く、無念でならなかった。

けれども相手は頭から麻衣の非を信じてものを言っているのだ。否定すればするほど疑いが濃くなる気配でもあった。否定しつづけるより、折れて認めてしまう方が、はるかに楽な場合があるのだ、ということを、麻衣は今日知った。

「やっぱりそうだ」

と、勝ち誇ったように福本が言った。

「最初からそう言えばいいんだ」

勝ち誇ったような男が、一瞬憎かった。だが彼の立場になってものを見れば、確かに若い女から電話などかかれば困るだろう。そう思うと憎しみはすぐ消えた。

「ごめんなさい。もうしません」

と彼女は謝っておいて下唇をきつくかみしめた。電話で良かった。顔を見られたら、ちっとも悪く思っていない表情だもの。

「じゃこれで」

と福本は言った。

「待って。今週は逢《あ》えるの？」

麻衣は慌てて訊《き》いた。

「多分ね。こっちから電話する」

男からいつ電話がかかるかと思いつめて待つ、女のせつない気持など、全くわからないのに違いない。麻衣は溜息《ためいき》をついて電話を切った。

「どうしたのよ？」

と、京子が書類から顔を上げずに小声で質問した。

「それが変な話なの」

麻衣は不快そうに顔をしかめた。

「誰かが私の名を騙《かた》って彼に電話したみたいなの」

「ほんと？」

京子はボールペンを唇にあて、ちらりと麻衣を見た。

「でも誰がそんなことを……？」

「それが問題なのよ」

麻衣は困りきったようにじっと京子の顔をみつめた。

「ちょ、ちょっと。そんな眼で見ないでよね」

「え？　どんな眼？」

「私を疑っているって眼よ」

「まさか」

と麻衣は苦笑した。

「疑ってないわよ。考えもしなかった」

「当り前よ。第一私、彼の会社の名前も電話番号も何にも知りませんからね。あなたってわりかし秘密主義なんだもの。でも今となったらその秘密主義はありがたかったわ。知らないっていうアリバイが立派に通用するもの」

「こういうこともありなんと思って、教えなかったのよ……なんて言っちゃって」

麻衣はワードプロセッサーに向い直しながら苦笑した。二、三行、企画課から回って来た原稿を打つ間、それに集中した。

「だけど、電話でずいぶんやりこめられていたみたいね」

京子も自分の仕事をすすめながら囁《ささや》き声で言った。「ちょっと陰険じゃない？　あなた

「そんなことないわよ。陰険な人じゃないことは確か。だったらあたし惚《ほ》れたりしないもの。ただ、非常に注意深いのよ。何しろ不倫だからね」

不倫だからね、という一語に自嘲《じちょう》をこめて麻衣は言った。

それから一頁《ページ》分無言でワードプロセッサーを打ち続けた。頁を変える時、

「でもほんとうに、誰がどんなつもりであたしの名を騙ったんだろう？」

と気味悪そうに呟いた。

「悪意がそこはかとなく感じられるわね」

と京子がそれに応答した。

「ただのいたずらよ。でも何のためにかしら？」

「きまってるじゃない、あなたを困らせようとしてるのよ。誰か他の女があなたに嫉妬《しっと》しているのかもよ」

「他の女って？」

「彼の新しい浮気の相手とか」

「ひどいわ、そんな言い方」

麻衣は気を悪くして京子の横顔をにらんだ。それから打ちまちがった二行を消して、新たに打ち直した。

「ごめん、ごめん」

「あのひと、浮気するような人じゃないわよ」

麻衣はまだ腹を立てながら言った。

「あーら。お言葉を返すようで悪いけど、奥さんいるんでしょ？　だったらあなたとの関係は浮気じゃないの？」

「不倫だけど浮気じゃないわよ。彼、奥さんとはお見合いで義理もあって一緒になったから、本当に愛していないって言ってたわ」

「それ信じるの？」

京子は冷めた声でそう質問した。

「あなたの言いたいことくらい、ちゃんとわかっていますって」

と麻衣はやり返した。また単語を打ちまちがえた。

「男なんて、そういうことよく言うものだって、そう言いたいんでしょ？」

「わかっていればいいわよ」

京子はそう言って彼女の書類の頁をめくった。

「でも彼の場合は特別なのよ。あたしだけにはそれがわかるの。嘘《うそ》ついていないってことが」

そしてチラッと京子を盗み見て「やっぱり信じてないでしょう。惚れると女って、みんなそう言うわよ、ってあなたの顔に書いてある」

「何もかもおわかりのようで」

京子はヤレヤレと頭を振った。

「それでいて何もわかってないんだから。一番問題なのはそういうタイプの女よ」

その時、奥の方から部長の声が飛んだ。

「おいそこのお二人さん。仕事中の私語は少しひかえたまえよ」

二人は首をすくめて、今度は本気で仕事に取りかかった。


その週、福本からの電話はなかった。なんとなく不安で落ち着かない状態で、麻衣は次の週を迎えた。

月、火、水と何事もなく過ぎた。福本から一週間くらい電話がないのは普通なので、あまり気にしないように努力した。

木曜の午後になってようやく、京子と二人で共同に使っている電話が鳴った。

もちろん、電話は日に何度も鳴りはする。たいてい仕事の内容だ。不思議なことに、仕事でないプライベートな電話は、その音でピンとわかる。同じ電話の音なのに、ちゃんとそれが聞きわけられるのだ。

だから京子が受話器を突き出して眉《まゆ》を上げて見せた時、やっぱりと麻衣は思った。

「僕だ、福本」

とせっかちに相手が言った。

「なんとなくそうなんじゃないかって、電話の音でわかりました」

うれしそうに、麻衣は言った。

「ほう？　僕が電話するのがわかったって？」

「ええ、なんとなくね」

と麻衣は微笑《ほほえ》んだ。

「じゃ、僕がなんのために電話するかも、わかるだろうな？」

その声に悪意が感じられたので、麻衣の微笑が途中で凍りついた。

「言ってることがよくわからないわ」

「このところ僕にひんぱんにいたずら電話がかかる。出るとしーんとして何も言わない。実に不愉快だよ」

「ちょっと待ってよ。まさかあたしだと思っているんじゃないでしょうね」

驚いて麻衣が訊き返した。

「きみじゃない？　じゃ誰だい？」

「あたしじゃない。そんなことする理由がないもの」

「理由ならあるだろう？」

「……？」

「僕が急に冷たくなったんで、嫌がらせなんだ」

「そんな。急に冷たくなったなんて、あたし思ってないもの」

舌が喉《のど》の方へとめくれ上がっているような気分だった。

「そうかな。こないだの電話できみ、大分まいっていたみたいだから」

「こないだのも、その後のいたずら電話も、あたしじゃない。もういいかげんにして下さい」

「わかったよ」

と急に相手は冷えた声で言った。

「いいか、もし二度と僕のところにあんないまいましい電話をしてきたら、終りだぞ。いいね」

そう言われると、躰《からだ》が、その場に崩れ落ちそうになった。

「待って下さい」

と麻衣は必死で言った。

「そんなの嫌です。そんな一方的なのって、ないわ……」

今にも涙がこぼれ落ちそうだった。

奥の方で、部長のかけている眼鏡が白く光った。

「じゃもうしないと誓いなさい」

福本が厳しい声でそう命じた。

「誓います。何もしていないけど、もうしません」

妙な言い方だったが、そう言うしかなかった。一刻も早く電話を終らせて、ちゃんと逢って福本と話し合いたかった。

「だから逢って下さい」

相手は少し黙った。

「じゃ、今週の金曜の七時に。例のところ」

それだけ言うと、ぷっつりと電話が切れた。とたんにポロリと涙がこぼれた。

人眼もあるので、麻衣はうつむいたまま、洗面所へ駆け込んだ。少しして、京子が心配そうな顔で中を覗《のぞ》いた。

「大丈夫？　どうしたのよ？」

と彼女が声をかけた。

「濡《ぬ》れ衣《ぎぬ》よ。完全に誤解なのに」

「じゃなんで誓いますとか、もうしませんなんて言ったのよ？」

「わからないわ」

途方にくれながら、麻衣は下睫毛《したまつげ》にたまっている涙を、ティッシュに吸いこませ、ついでにその紙で鼻をかんだ。

「わからないなんて言ってる場合じゃないでしょう？　一体何を認めちゃったのよ？」

京子は自分のことのように苛立《いらだ》っていた。

「いたずら電話がかかるんだって。そして何も言わないんだって」

「それ認めたの？　あたしがしましたって？　バカじゃない？　それともあなたそういうことしたの？」

「するわけないでしょう！」

かっとして麻衣は洗面台を力一杯、平手で叩《たた》いた。手がじーんとしびれて肘《ひじ》の方へ激痛が走り抜けた。

「じゃなんで、もうしませんなんて言ったのよ？」

京子も負けないで、同じように洗面台を叩いて言い返した。そして顔をしかめた。

「だってあの人、もう終りだって言ったのよ」

「してもいないのにしたって言って、何かの解決になるわけ？」

「少なくとも金曜日に逢う約束が出来たわ。逢ってよく話してみるつもり。電話であのまま別れてしまうなんて耐えられないもの」

「あきれた」

本気であきれて京子が吐き出すように言った。

「とにかく誰かが、あなたたちの仲を引き裂こうとしていることだけは確かね」

麻衣はぎょっとしたように鏡の中の京子の顔をみつめた。

「誰が？」

「案外、奥さんじゃない？」

「え？　奥さんが？」

「そうよ。どうかした拍子にあなたの存在を知って――興信所に調べさせたのかもしれないし」

「だったら、直接彼に言えばいいじゃない。証拠があるんなら、そうするわよ」

「そこがあなたの考えの浅いところよ」

と京子は小鼻をうごめかした。

「男ってものはね、直接追いつめたりすると、かえって不利になったりするものらしいわよ。ほら『窮鼠《きゅうそ》、猫を噛《か》む』って言うじゃない。噛まれるくらいならいいわよ。男の多くはそういう場合、開き直っちゃって、いっそう外の女にのめりこんだりするって言うじゃないの」

「……」

「だから利口な奥さんなら、問いつめたりはまちがってもしないわね」

京子は自分の仮説にますます自信を深めながら喋《しゃべ》った。

「奥さんなら、声でわかっちゃうわよ」

と、反対に自信なさそうに麻衣は弱々しく反論した。

「だって、彼、一度も直接相手の声聞いてないんでしょ?」

「あ、そうか……」

いたずら電話はしんとしたままだと、福本が言っていた。奥さんかもしれないし、奥さんじゃないかもしれない。何の証拠もない。麻衣は気味悪そうに躰をすくめた。


福本四郎は約束の時間を四十分も遅れて、約束の場所に姿を現した。憮然《ぶぜん》としている。

「あれから、いたずら電話あった?」

と訊くと、嫌味な一瞥《いちべつ》を麻衣の顔にくれただけで黙っている。

「あたしのこと疑ってるのね、まだ?」

「他に誰が考えられる?」

冷えた声で福本が言った。今までに見せたことのないような冷たい表情だ。

「怒らないでね。でも……」

と麻衣は言い淀《よど》んだ。

「でも、奥さんかもしれないって、考えてみた?」

「まさか」

と即座に彼は否定した。

「そんなことをするような女じゃないよ」

麻衣はしょんぼりとした。

「あたしだってそんなことするような女じゃないわよ」

ふと、福本の表情が揺れた。疑惑が灯《とも》ったみたいだ。そしてじっともの思いにふけった。

「しかし、やっぱり、女房ってことはありえないよ」

と彼は自分自身に言い聞かせるように呟いた。

「もしもよ、もしもあたしが理不尽に捨てられた女なら、その腹いせに陰険ないたずら電話かけるかもしれないけど、あたし捨てられたわけじゃないもの。まだすごくうまくいってるじゃない、あたしたち。それなのに、なんでみすみす自分の方からぶち壊すような真《ま》似《ね》しなくちゃならないの？　そこのところをよく考えて欲しいのよ」

麻衣の真剣な説得の声が福本の心に届いたのか、彼の表情から冷たさが消えた。

「でもなぁ……。女房とはなぁ……」

困惑しきったように福本は顎《あご》を撫《な》で始めた。

「奥さんに訊くの？」

恐る恐る麻衣が質問した。ウェイターが冷たいコーヒーを二人の前に置いて去った。

「そんなこと訊けるかなぁ。訊くとしても仄《ほの》めかす程度にしないと、逆にヤブヘビになるからな」

「なんとなく様子を観察すれば？」

「ああ」

福本はひどく憂鬱《ゆううつ》そうにそう言って黙りこんだ。

「今夜これからどうする？」

期待をこめて、麻衣は話題を変えた。

「どうするかな」

意外にも気乗り薄に福本が遠い眼をした。

「食事して、そのあとあたしのマンションにこない？」

自分の方から積極的に誘ったことは、これまでなかった。彼女はあせりを感じた。

「ちょっと疲れてるんだよ、このところ。いろいろあって。電話のこともあるしさ」

「いたずら電話って、一日に何度くらいかかったの？」

「多い時は八回か九回。仕事中なんだぜ。囲りは妙な眼で見るし。ほとほとまいったよ」

「このところないの？」

「昨日からピタッと止った」

ちらりと疑惑が福本の眼の中を過《よぎ》った。「きみに電話をして以来だけどね」

「まさか、まだあたしを疑っているんじゃ……」

「けどさ、百パーセント信じるったってなぁ」

「そんな疑いをかけられていたんじゃ、マンションに来てもらっても仕方がないわ。食事も止《や》めましょう。完全に疑いが晴れたらまた電話してよ」

今度こそ本気になって怒ると、麻衣はさっと立ち上がって、出口に足早に向った。

「待てよ」

とレジのところで彼女に追いつくと、福本はしっかりと彼女の腕を握った。そうしておいて勘定を払うと並んで歩きだした。

「今、きみの怒った顔を見たとたん、疑いは百パーセント晴れたよ。疑ってすまなかった」

再び元の福本の素顔が戻った。声も誠意があって温かかった。

二人はカウンターの和食の店で夕食を共にし、かなり酔ってから麻衣のマンションにもつれこんで一夜を共にした。

その夜から四日後のことだった。麻衣の仕事場の電話がチリンと鳴った。京子が出ると、ニヤリと笑い、無言で受話器を差し出した。

「もしもし……」

「やっぱり貴様だな」

といきなり嚙みつくように福本が言った。貴様という言い方に、気圧《けお》されて麻衣はポカンと口を開いたまま、言葉が続かない。

「一体どういうつもりなんだ。何が狙《ねら》いなんだ。言ってみろ。言えよ」

すごい剣幕で相手が言いつのった。

「そっちこそ……なんのつもり？……」

啞然《あぜん》として麻衣は絶句した。

「女房のせいになど、よく言ったな。違うじゃないか」

「え？」

「犯人が女房なら、なんでその女房のところに、いたずら電話がかかるんだよ？」

「奥さんに？」

「しらばっくれるな。土曜日には十六回。日曜日は全部で三十回近く、例の無言の電話が入った。僕も出た。この耳でちゃんと聞いたんだ」

「でも……」

あまりのことに膝がガクガクと震えた。

「病気だよ、病気。貴様は陰険で嫌らしい女だ。そんな女と関係してきたのかと思うと、嫌悪のあまり反吐《へど》が出そうだ」

福本はかつて聞いたこともないような、恐ろしく冷たい声でそう吐き出すように言った。

つい四日前の夜、あんなに親密に愛しあった同じ相手の言葉だとは、麻衣は信じられなかった。受話器を取り落しそうになった。わなわなと震える手で持ち直して、助けを求めるように隣で仕事をしている京子の横顔を茫然《ぼうぜん》とみつめた。

「いいな。今度いたずら電話を一本でもかけて来たら、警察に訴える。わかったな？　言いたいのはそれだけだ」

耳に突き刺さるような音をたてて電話が切れた。切れたあとも長いこと麻衣は受話器を耳にあてたまま、じっとしていた。涙で視界が曇った。

その白濁した視界の中で、京子の横顔の輪郭が滲《にじ》んでいた。ふっとその口元が歪《ゆが》んだように見えた。薄く笑ったのかもしれない。

次の瞬間、何かが弾《はじ》けた。麻衣はとっくに切れてしまった電話をそっと元に戻すと、京子の白い横顔にむかって言った。

「あなたが前につきあってた人のことだけど――」

「昔のことよ。もう忘れたわ」

こちらを見ないまま京子が素気なく答えた。

「今思いだしたんだけど、工作機械をやってた人よね」

「そんなこと言ったっけ？」

「一度だけ聞いたような気がするわ」

「嫌な奴《やつ》よ。ひとのこと妊《はら》ませておいて、ボロみたいに捨てたわ」

「それで騒ぎになって、彼は課が変ったって言ったわね？　そしてあなたは転職した」

「どの課に変ったのかは知らないわ」

「いいえ、知ってるはずよ」

初めて京子が顔を上げた。

「あなたなのね？」

「何のこと？」

無表情で京子が訊き返した。

「あの一連のいたずら電話のことよ。しらばくれないで」

長い沈黙があった。急に京子は破綻《はたん》したようになって、ひびわれた声で言った。

「あなたにかかって来た電話を取った時、最初にピンときたのよ。彼の方は、わからなかったみたいだけど。あいつは私にひどい仕打ちをして、捨てたのよ」

奇妙な空《うつ》ろな表情だった。ぞっとして麻衣は同僚の白い横顔から眼をそむけた。

日曜日の孤独

電話を切ると、英雄《ひでお》はいったんさりげなく朝刊を広げ直して続きを読み始めた。けれどもそれは単にそういうポーズをとっているだけで、新聞を本当に読んでいるわけではない。視線が一点に止ったままだった。

澄江《すみえ》は新しくいれ直したコーヒーを夫の前に置き、とりのけてある分厚いチラシの束を膝《ひざ》に腰を下ろした。彼女は何枚かのチラシ広告にざっと眼《め》を通しておいてから、

「電話、何だったの？」

と、語尾を上げない訊《き》きかたで質問した。

「ん」

と、返事というよりは単に音を発しておいて、英雄はガサゴソと新聞をめくった。「なに、どうってことはないさ」

そして続けてもう一度ガサゴソと頁《ページ》をめくりながら、

「麻子《あさこ》はまだ起きて来ないのか」

とさりげなく話題を変えた。

実にさりげないものだ、と澄江は思った。

「日曜日くらい、ゆっくり寝かせたっていいでしょう」

「子供に寝過ぎは不健康だ」

視線は政治面を追っている。

「そのうち起きてくるわよ。誰《だれ》だったの、電話？」

質問は、巧みになされ、不意打ちとなって夫の意識を貫いたみたいだった。

返事はなかった。英雄は質問が聞こえなかったみたいに「午後は雨か」と天気予報を読みだした。澄江はじっと夫の答を待った。

「なんだい？」

と英雄は、ついに苛立《いらだ》ったようにチラッと視線を上げて妻を見た。

「電話、誰だったのかと思って」

再び肩の力を抜きながら、澄江が言った。

「さっきのか？　会社の奴《やつ》だよ」

英雄はそう言ってコーヒーカップに手を伸ばした。彼はそれをブラックのまま一口啜《すす》り、ひどく熱かったので顔をしかめ、再び息を吹きながら二口目を啜った。

「日曜のこんな朝に？」

チラシ広告を眺めながら澄江。

「そう」

「大変ねえ、仕事?」

「まぁな」

英雄はコーヒーカップを受け皿に戻した。中味が少しこぼれて受け皿を汚した。

「明日、ちょっと大きな取り引きがあって、その件だよ」

その一言は、夫婦の日常会話の範囲をわずかに越えていた。普段夫は妻に仕事の内容を進んでいちいち説明しない。

そのわずかな不自然さに澄江はもちろん、英雄自身もすぐに気づいた。

「それでなんとなくぴりぴりしてたのね」

澄江はそう言って、折り込み広告の一枚を二つにたたみ、更に意味もなく四つにたたんだ。

「出かけるの?」

その質問も状況が状況だけに唐突に響いた。

「え?」

と、声にださないで英雄が顔を上げた。

「午後から出かけるのかって訊いたのよ」

四つに折った紙を再び広げ、皺《しわ》をのばしながら、澄江はゆっくりと同じ質問をくりかえした。

「そうなんだ。ことによるとちょっと出ることになるかもしれんな。まったく……日曜だってのに、のんびりともしてられんよ」

英雄はそう言って舌打ちをしてみせた。

「そろそろ麻子を起した方がいいぞ。もう十時半じゃないか」

「……嘘《うそ》……」

「え？　何が、十時半だぞ。ほら」

と彼は左手首に巻いた腕時計を妻の前に突きだした。それを完全に無視して澄江が言った。

「仕事だなんて、嘘よ」

彼女は夫を見ない。沈黙が夫婦の上に重くたれこめた。リビングルームには、初秋の日《ひ》射《ざ》しが斜めに射しこんでいた。どこかの路上を行く自転車の軋《きし》む音がしていた。

「嘘？　じゃなんだと思うんだい」

夫は精一杯虚勢を張って、苦々しく微笑した。「まさか、女に逢《あ》いに行くとでも思っているんじゃないだろうな」

その言い方は時と場合によっては、最も効果的な否定の方法かもしれないが、今朝は違った。

「そうじゃないの？」

静かだがすかさず妻が切り返した。その素早い確信に満ちた切り返しは、英雄を一瞬うろたえさせた。彼の視線が意味もなく動き、彼は喉《のど》に渇きを覚えた。

「当り前だろう。違うにきまっている」

狼狽《ろうばい》してしまった後では、説得力が弱かった。彼はむしろ自分自身に腹を立て、語調を強めた。

「くだらない話だ。日曜の朝っぱらから、何だい」

「だったらいいんです。私の思い違いなんでしょう」

澄江はやけに落ち着いてそう言うと、折り込み広告の束を手に、椅子《いす》から腰を上げた。

「いい年して、おまえも」

とその背中に英雄が言った。

「——何ですか?」

「いいかげんにしろよな」

彼は、語尾をあいまいにのみこみ、再び今度は少しは身を入れて朝刊を読み始めた。

英雄は欠伸《あくび》を大きくひとつして、つけっぱなしのテレビの前を離れた。彼はトイレに入り、それから洗面所の鏡の中を覗《のぞ》きこみ、伸びかけた顎《あご》の髭《ひげ》を指でしごいた。

髭を剃《そ》り、さっぱりしたい気分にかられたが、あえてその誘惑を退けると、二階に上がり、チェックのシャツはそのままでズボンだけはきかえた。

　下へ降りると、一人娘の麻子が起きだして来ている。パジャマのまま昼食兼用の朝食を食べている最中だった。

「やっぱり出かけるの？」

　と妻の声がダイニングルームの方からした。

「ああ、ちょっと顔を出した方がいいんだ」

　チェックのシャツの前のボタンを首ひとつ下まで留めながら、英雄が答えた。

「髭も剃らずに出かけるんですか」

　澄江が麻子の前にソーセージのいためたものを置きながら訊いた。

「別に、かまわんだろう」

　英雄は無造作を装った。

「いいじゃん」

　と麻子がソーセージに箸《はし》を伸ばしながら口をはさんだ。「そういうの、流行《はや》ってんのよ」

「そういうのって？」

　と澄江。

「髭がちょっと伸びかけてるの、セクシーなんだよ」

「へえ」

どねと澄江は夫の顎のあたりを見た。「病み上がりというか、薄汚いだけにしか見えないけど」


「ママは古いんだよ」

「そりゃあなた、顔のひきしまった美しい男なら、似合うかもしれないけど」

麻子が、ごちそう様と箸を置いて立ち上がった。

「もういいの？」

澄江が皿に残っているソーセージをひとつつまんで口の中に入れながら訊いた。

「二時までに渋谷《しぶや》行かなくちゃならないのよ」

バタバタと麻子は二階の階段を駆け上がって行った。

「だったらパパに乗せてってもらったら。同じ方角だから」

娘の背中に声をかけておいて、澄江は食卓の上を片づけ始めた。

「僕は渋谷の方角になんて、行かないよ」

英雄が言った。

「あら、そうなんですか。会社、行くんじゃないの？」

「いや、久田君《ひさだ》には外で逢う」

「外って、どこで？」

水道の水を流しながら澄江が訊いた。

「久田君は小田急線だから、間をとって新宿で逢うことにした」

「久田さんて、営業なの？」

「部下だよ」

「でも」

水道の流れる音の中から澄江が言った。「女の営業なんて、いるの？」

英雄はギクリとして背中を硬張《こわば》らせた。

「うちには女の営業はいない」

「それじゃ、久田さんて部下に逢いに行くわけじゃないんだ。それとも、そのひと久田っていう名なの？」

「そのひと？」

「あなたが今から逢いに行こうとしている女のことよ」

水道の水は流れ続けていた。

「僕が誰に逢いに行くって？」

声に非難をこめようとしたが、それほど成功したとは言えなかった。

「今朝電話であなたを呼びだそうとしたひとよ。どこの誰だか私が知るわけないでしょう」

「じゃなんで女だなどと、あてずっぽうを言うんだ」

憮然《ぶぜん》とした声で言って、英雄は胸のポケットから煙草《たばこ》を一本抜きだして口にくわえた。

水の止る音がして、澄江が手を拭《ふ》きながらリビングルームに入って来る。

「女だってこと、あなたは知っているし、私にもわかっているのよ」

やけに確信のある言い方だった。

「そいつはしかし妙な話だな」

と英雄はあくまでも冷笑的に振るまおうとした。「根も葉もない話で、言い争う気にもなれんよ」

「つまり逃げ出すつもりね」

「別に逃げやぁしない。しかしくだらんよ。仕事で部下に逢いに行くのを、いちいち疑われたら――」

「あなたの電話の応対でわかったのよ。相手は女だわ。私が何年あなたの妻をやってると思うの？」

「応対のしかたでね」

と英雄は苦笑したが、額にうっすらと汗が滲《にじ》んでいた。

「そう。応対のしかたで、相手がどういう人かぴんとわかるんです」

「で、どういう人間だっていうんだ？」

やや開き直った態度で英雄が訊いた。まだ火をつけていない煙草を指にしているのを思い出して、ライターをつけた。

「火遊びのつもりだったんでしょうが、いつのまにかニッチもサッチもいかない深みにはまりこんで――。日曜に男の家庭に電話してくるようになったら、終りね。どうするつもり？」

ふと最後の一言に同情に似た響きがこもった。今では何もかも承知しているといった妻の顔を見ると、英雄は急に抵抗する気力を失った。

「あとでちゃんと話をするよ。このつぐないはなんとでもする。しかし今はちょっと行って来た方がいいと思うんだ。……取り乱していて、様子が普通じゃないんだ」

一口だけ喫《す》った煙草を、灰皿の中でもみ消しながら、英雄はわずかに破綻《はたん》した口調で言った。

「普通じゃないって？」

澄江が眉《まゆ》を寄せた。

「興奮していて妙なことを言うし。万一のことがあると非常にまずいから」

英雄は玄関へ向って歩きだそうとした。

「死ぬとか言って、おどかされたのね？」

嫌悪の情で澄江の顔が歪《ゆが》んだ。

「でも出かけて行って、どうするつもり？」

「とにかく説得してみる」

「行ったら、あなたの負けよ」

澄江は冷たく言った。

「勝ち負けを言っている場合じゃないだろう。女の命がかかっているかもしれないんだ」

英雄は思わず大声を出した。

「こっちはどうなの？　家庭が危機にひんしているのがわからないの？」

澄江の怒りのために蒼白《そうはく》な表情を見て、英雄は髪の中に指を差し入れて、それをかきむしるような仕種《しぐさ》をした。

「家庭の危機だって？　大袈裟《おおげさ》だよ」

「そう思う？」

押し殺した声で澄江が下から夫を見上げた。

「自分の夫が、病み上がりみたいな顔をして、女のところへ駆けつけようとしているのを、妻としてどんな顔をして見ていろっていうのよ？」

「一回だけ見逃してくれ」

「でももう、何十回となく見逃して来たのよ」

「じゃなぜ、放《ほう》っておいたんだ。このどたんばまで⁉」

理不尽にも英雄は思わずそう喚《わめ》いた。

「私のせいだっていうの？」

「もし僕の浮気を知っていて、今まで見逃して来たのなら、ある程度、きみにも責任があるような気がするね」

「驚いた。そんな理屈が通ると思うの⁉」

「通らんだろう。しかし、そういう気がするという僕の気持を言っているんだよ」

「だから？」

「最後の一回だけ見逃してくれ」

「また同じことが起らないって、どうして言えるの？　そのたんびにあなた泡食って駆けつけるつもり？　それを私に見ていろと？」

「とにかく、僕は行かなくては」

英雄は妻を押しのけるようにして前へ一歩出た。澄江が両手を広げて廊下をふさいだ。

「死んだりするわけがないでしょう」

「衝動的に何をするかわからない」

「死ぬ死ぬって言って男をひきとめる女に限り、絶対に死んだりしないわよ。止めに来るのを承知しているから、その手をつかうのよ」

「止めに来ると確信して薬を飲んでいたとしたら？　僕が行かなければ、自殺幇助《ほうじょ》罪だぜ」

「だったら警察に電話をして」

「冗談じゃない。こんなことが表沙汰《おもてざた》になったら――」

英雄は激しく首を振った。

「妻である私に知れてしまったのよ。世間体なんてどうでもいいじゃないの」

かぼそい悲鳴のような声で澄江は言った。

「どうしても行くというのなら、私を撲《なぐ》り倒して、私をふみつけて行きなさい」

彼女はいっそう大きく両手を広げて、夫の前に立ちはだかった。英雄は通りぬけようとして妻と一瞬もみあった。

「他の方法で行かないで。行くんなら私を撲り倒して行って下さい」

澄江の形相はせっぱつまって必死だった。

「そんなにまでして、僕はいけないよ」

英雄の腕から力がぬけた。

「だったら行かないで」

放心した声で妻が言った。息が大きく乱れ、胸が激しく上下していた。

「きみは事を荒立てすぎる」

英雄は困惑したように呟いた。

「どっちにしろ僕は女とは別れるつもりだった。あと一度だけなぜ見て見ぬふりが出来なかった？」

「そしたら何ごともなく終ったのに、というの？　だとしたらずいぶん簡単じゃない。簡単だなんて思われたくなかったのよ。私だって見て見ぬふりをして終らせる方が、もしかしたらはるかに楽だったかもしれないのよ。今したみたいな言い争いは、内臓を掻《か》きむしられるような気分だもの。だけどね、楽に浮気なんてして欲しくなかったのよ。それだけよ」

澄江は夫の前を通りぬけてリビングルームへ戻って行った。少しして、英雄がその後に続いた。

電話が鳴り響いた。二人は同時にそれをみつめた。夫婦の視線が絡んだ。

ぼくが出る、と英雄が受話器を取り上げた。

「今井《いまい》ですが」

相手が何か言うのを聞いてから英雄が答えた。

「行けないんだ」

と言ってから、彼は妻の眼を見て言い直した。「僕は行かない」

今度は少し長い間をおいて、

「そのことは既に話し合ったはずだよ。くりかえすけど、そこへは行かないから」

女はなおも言い張る様子だった。英雄は静かに、僕はそこへはもう行かない、という言葉をくりかえし続けた。

澄江は自分が加害者でもあるかのような気がして、息苦しくなり、その場をはずためにリビングルームからそっと抜けだした。

しばらくして戻ってみると、英雄は悄然《しょうぜん》として肩を落した姿勢で、電話機をみつめていた。

「実に厭《いや》な気分だ。しかし自業自得だな」

「そのひと、いくつなの？」

「三十四」

「そう。もっとずっと若い女だと思っていたけど」

澄江は溜息《ためいき》をついた。

「やっぱり心配？」

「仕方がないよ」

英雄は背中を丸めた。

「あなたはどうしたいの？」

「わからない。自分がどうしたいのかわからない」

「でも今すぐどうすればいいと思う？」

「待つしかない」

あるいは耐えるしか。

「行きたければ行けば？」

澄江は力なく呟《つぶや》いた。

「行きたい訳じゃないさ。正直な気持、あの女の部屋に行きたくないという気持が強い。それが今の気持だ」

「だけど、あなたは今彼女のことばかり考えている。躰《からだ》はここにあるけど、気持が向うに行っている。私には同じことなのよ。良心のすむようにして」

「わからないのか、きみは。その思いやりが逆に僕を苦しめるってことが、わからないのか。僕の良心はむしろ僕にここにいることを命じている。僕たちは、不当にもきみを傷つけている」

その瞬間、立場が逆転したような錯覚を、澄江は覚えた。

「僕たちですって？」

それは特別に深い共犯を表す言葉のような気がした。自分が部外者で、夫とその女が主役であるかのような、地位の逆転。

思いやりを示されていることに、距離を感じた。

僕は行かない、とくりかえし言いきかされていた女は、耐えることを強いられていた。

あたかも妻であるかのように。

「何だか違うんじゃない？」

と澄江は夫を眺めた。

「行って来てよ、お願い。行って来て」

思いの外強い調子でそう叫んだ。

「女のところに行って来て。様子を見て来たらいいわ。それであっちもあなたも気がすむのなら、そうしてよ」

「それで、きみは気がすむのか」

英雄が妻の瞳《ひとみ》の中を覗きこんだ。ええ、そう。それで私の気持は落ち着く。夫を取り戻した気分になれる。夫と自分は今や共犯であり、彼女が加害者となるわけだ。

「でも夕飯までには戻れるでしょう？」

それできまりだというように澄江はそう言って、あたりに取りちらかっている新聞や雑誌を片づけ始めた。

「出かける前に、髭を剃っていってちょうだい」

「いいよ、別に」

と英雄は顎から頬へと掌《てのひら》でこすり上げた。

「私が嫌なのよ」

「今更、いいところを見せても仕方ないさ」

英雄は苦笑した。

「麻子が言ったこと聞いたでしょう。のびかけの髭面、セクシーだって」

「きみは薄汚いと言ったぞ」

そう言いながら、英雄は洗面所に立って行った。澄江はひどく複雑な気持だった。

八時を過ぎても夫は戻って来ない。麻子は待ち切れず一人で夕食をすませて、二階に上がり自室で宿題をやり始めていた。

何かあったのなら、夫はそう連絡してくるはずである。やはり自殺するなどというのは、脅しなのだ。

しかし、別れ話に逆上した女に、いきなりブスリと刺されるということは、ありえない話ではない。澄江は思わず自分の下腹を押えて、渋面を作った。

よい想像は少しも湧《わ》いてこない。もうかれこれ五時間は経《た》つ。一体夫は女の部屋で何をしているのだろうか。

どんな部屋なのだろう。その部屋で二人はいつも愛しあったのだろうか。女はどういう様子をしているのだろう。子供を産んでいない女の方が、麻子を産んだ自分より、あそこの具合がはるかにいいのにきまっている。澄江は絶望と不安と後悔とでじっとしていられない。

三十をいくつも過ぎた独身の女なら、男との経験も豊かで、セックスの技巧にもたけているのに違いない。夫の帰りがこんなに遅いのは、最後にもう一度だけと哀願されて、ベッドを共にしているからではないだろうか。もうそれ以外には考えられなかった。

嫌悪感で吐き気がした。夫に女がいるらしいとわかっても、それが確信できなかった時は、妄想に苦しめられはした。しかし、今夜のように、夫が女の部屋にいることがはっきりしていると、苦しいなんていうものではない。胃袋がしめ上げられるような気がした。

九時を過ぎ、十時になっても夫は帰らなかった。澄江は一人でぼそぼそと夕食をしたが、食欲はなかったので食卓の上のものをすべて片づけた。

十一時近くなって、ようやく玄関に物音がした。彼女は出迎える気力もなく、リビングルームの肘《ひじ》掛《か》け椅子の中で膝を抱いていた。

「まだ起きていたのか」

と部屋を覗くなり英雄が、力なく言った。

「一体何時だと思っているのよ？」

彼女の方もすでに咬《か》みつく力も残っていなくてそう呟いた。

「悪かった」

「悪かったって……。今までどこにいたの？　女のところにずっといたの？」

「彼女とは七時に別れた」

「じゃその後どこで何してたの？」

「彼女と話をつけて、なんだかひどい疲労感に襲われてしまったんだ。それで一杯ひっかけるつもりが二杯三杯となって、気がついたらこの時間だ」

「だったら一言そう電話くらいしてくれてもいいじゃない。私がどんな気持で待っていたか、全然考えもしなかったのね」

「正直言って、考えなかった。電話のことも思いつかなかった。自分のことで精一杯だった」

酔いは深くて、表面には現れていなかった。

「ずいぶん勝手ね。女二人泣かせておいて」

澄江もほっとすると同時に深い疲れに襲われて、後頭部を椅子の背にあずけて眼を閉じた。

「考えてみれば、みんなそれぞれに勝手なのさ。僕が一番悪いにしても」

「それで反省してたってわけ？」

「そう。反省したし、自分を呪《のろ》った。きみを呪った。彼女を呪った」

「彼女のこと、もう言わないで」

閉じていた眼をあけた。

「わかった。二度と言わない」

英雄はそう言うと、急によろけるような足取りで寝室に向う階段を登り始めた。

澄江はその危っかしい足音が消えるまで耳を澄まし、それから立って行ってブランディをグラスに注《つ》ぎ、香りを楽しむこともせず、ぐいと喉に流しこんだ。

喉が激しく焼け、胸に滲み、胃がかっと熱くなった。

二階では戸を開けたてするガタピシという音がしばらく続いた後、急にひっそりと静まりかえった。澄江は、女と別れて一人で飲まずにはおれなかった夫の心情を想像しようとしたが、できなかった。同じように、この同じ東京のどこかに絶望している三十四歳の女の孤独を思い描こうとしたが、やはりだめだった。人の心の傷の深さなど所詮《しょせん》、うかがい知れはしないのだ。そこで彼女は自分の胸の傷をいやすべく、二杯目のブランディを注ぎ足した。

Never Call Me Again

——もうあなたには会いたくないわ。顔も見たくない。会いに来ないで。電話もしないで——

別れ際に投げつけた言葉。一字一句違《たが》わず覚えている。後悔はしていない。本気でそう思ったし、今でもそう思っている。

あんな男、人生のひどい寄り道だ。得たものなんて何ひとつない。失ったものばかり。これで吹っきれた。みごとにさばさばとした気分だ。こんなに簡単なのだったら、もっと早く別れてしまうべきだった。あんなにびくびくすることなんてなかったのだ。

一体何を恐れていたのだろうか？　独りぼっちになること？　そんなことではない。自分自身の孤独に関してなら手に負えないことはないはずだ。手に負えないのは他人の心。あのひとが誰か別の女に心を寄せること。その瞬間にみすてられたような気持になるだろう。

別れてしまった後で、その別れた男が別の女を愛するのが恐くて、別れられなかった。別れるのは良いが、彼が幸せになるのが許せなかった。別れた直後は、しばらくの間喪に服してもらいたい。絶対に。

だがあの性格では、三日も喪に服せはしない。なぜ電話もして来ないのだろう？ 今度こそ本気だとわかったからだろうか。でも前の時も本気だった。二ヵ月前にもそっくり同じことを言って彼を追い出した。二日して、電話をして来て、おまえのいない人生なんて淋《さび》しくてたまらないと言い、おまえに似た横顔の女につい声を掛けずにはおれなかったと、こちらの不安材料をかきたてたので、思わず、しょうがないわね、帰っていらっしゃいと許してしまったのだった。

今度は本気とわかったから、電話も出来ないのだろう。いい薬だ。たとえ電話がかかっても、ひとことも喋《しゃべ》らずに切ってやるつもりだ。

別れぎわの言い草が憎らしかった。

——いいか、はっきり言っとく。俺《おれ》じゃない、別れたいと言いだしたのはおまえの方だ。俺は女から別れ話を切り出されるのは好きじゃない。好きじゃないという意味がわかるな？——

つまりプライドを傷つけられたということ。プライドなんてほんとうにあの男にあるのだろうか？ ほんとうの意味のプライドのことだ。くだらない男の沽券《こけん》などではなく。

あれから一日も外出していない。口論して彼が出て行った日の翌日の午前中に、青山《あおやま》の紀《き》ノ国屋《くにや》へ行って一週間分の食料品をまとめ買いに出ただけ。どうせそんなに早く降参して電話をかけて来ないだろうと考えたのと、長期戦になったら冷蔵庫の中身が空っぽになるからだ。前にもやっぱり彼が出て行ってしまい、いつ電話がかかるかわからないので一歩も家から出られなかったことがあった。数日、昼と夜の食事を近所の店屋物ですませた惨めな記憶がある。

どうせ電話はかからないとは思うが。かけるなと言ってやったから。かなり真剣に。でも万が一ということもある。あんなにまで言われて、電話をしてくるにはある種の勇気がいる。立場が逆だったら、私なら絶対に二度と電話なんてしない。たとえ仮にすることがあったとして、せいぜい一回だけ。その時に相手が留守で出なかったらそれまでのこと。むしろほっとするに違いない。一回くらい連絡をとるのが人の情というものなら、それを果したわけなのだから。相手が出ないのはまた別の問題だ。ＴＯＯ　ＢＡＤ。

というわけで、家を留守にはできないのだ。一回こっきりしかかかって来ない電話を、とりそこなうわけにはいかない。

カチリという音がしたので、彼女は玄関のドアを見つめる。けれども何も起らない。ドアのノブは静止したまま鈍い光を放っている。

一瞬の激しい期待というものは、人に吐き気を催させる。冷蔵庫の中から冷やした水を出して来て、彼女はほてった口の中と胃袋をそれで湿らせてやる。

もう何日も、ろくに仕事をしていない。だからかかってくるのは〆切りを過ぎた挿し絵の催促の電話くらいのものだ。

すみません、今やっていますから。

今までだって同じような言い訳でやって来て、まだ落とした仕事はない。たいていギリギリのところで何とかなって来た。

心の隅で今度も何とかなるさという思いがある。同時に今度だけは仕事に穴があくのではないかという予感も胸をかすめる。男のことで仕事に穴などあけるのは、プロの恥だ。

だが、仕事に穴をあけるのだったら、他のことではなく男のことでそうありたいとも思う。潮子《しおこ》は次第に混乱してくる思考から逃れるために、大きく息を吐きだす。

頼んでおいた留守番電話が午前中に届けられていた。自分でそうと認めたくはないが、徹雄《てつお》からの電話をキャッチするためだ。もっとも留守電の必要性は前々から感じていたのではあるが。

潮子は使用説明書に眼《め》を通す。これで三回目だ。何度読んでも頭に入らない。文章が上っ滑りして意味をなさない。自分をふるい立たせるようにしないと、文字にピントさえ合わせられない。

録音の仕方――。マイクらしきものを内蔵しているあたりに小さな穴がいくつかあいている。そこを意識しながら、いくつかのスイッチを押してみる。

セットしてあったテープが回転し、録音中であることを示す小さな赤い点が点滅を始める。

——こちらは西野《にしの》潮子です。お電話をありがとうございます——

ちょっと声が暗い。もっと明るく生き生きと喋らなければ。テープを巻き戻して、最初からやり直し。

——西野潮子です。只今《ただいま》留守にしております。戻り次第こちらからご連絡しますので、お名前とご用件、そして電話番号を——。そこで言葉が途切れる。——ビーッという音の後に——

もう一度最初からやりなおしだ。

——こちらは西野潮子。しばらく留守にします。何時《いつ》戻るかわかりません。お名前をどうぞ。いつかこちらからご連絡いたします——

徹雄はこれを聞いたらどう思うだろうか？　それよりも自分は彼にどう思ってもらいたいのか、と潮子は考えた。

ショックで家出したと受けとられないだろうか？　こちらの弱みをさらけだすなんてまっぴらだった。

ごくごく普通のメッセージが、結局は一番良いのだ。さりげなく力まず、淡々としているのが。そこで彼女はもう一度録音にセットして最初からやり直した。

その後三時間かけて挿し絵のカットを二枚仕上げた。電話はこの間りんとも鳴らない。

挿し絵は編集部ではなく印刷所へ直接届けることになっていた。ギリギリの時間切れだった。

出がけに注意深く留守電をセットして家を出た。ちゃんとセットされているか不安なので、駅へ向う途中の電話ボックスから自宅へ電話を入れてみた。

――こちらは西野です。お電話をありがとうございます。あいにく留守をしております――

最後まで聞かずに受話器を置いて、ボックスを出た。肩にあたる日射《ひざ》しの薄さで季節がすっかり変ってしまったことに気づいた。潮子はひっそりと下唇を咬《か》みしめて道を急いだ。

潮子の顔を見ると織田《おだ》は表情を崩して、

「わざわざわるいね」

と言った。

「とんでもない、わるいのはこっちよ。何とか間に合った?」

「うん、大丈夫だ」

のんびりとした口調で言ったが、潮子から挿し絵を受け取ると、織田は表情をひきしめ急ぎ足で行きかけた。

色々な人たちに迷惑をかけているのだ、と潮子は視線を落した。織田にも印刷関係の人にも雑誌社にも。あのイタチ科の男のために。

あのタイプはイタチ科だな、と言ったのは織田だった。色黒、ほっそりしていて、ちょっと酷薄な感じ。女には絶対的にもてる。彼はそう分析してみせた。潮子がまだ徹雄と深入りする前のことだった。徹雄はカメラマンをしたりモデルをしたりしていた。どっちかひとつにしぼると食べていけなかった。

ああいう男と係《かか》わる女はしょっちゅうひりひりさせられる。熱いトタン屋根の猫みたいなもんだ。恋人にはいいかもしれないけどね。連れ歩くには、なかなかいい風景の男だよ。

西野ちゃん、あいつが好きなのか？

不意を突かれて、潮子は動揺した。

まさか。私温《あ》ったかい人がいい。

俺って普通の人より体温がちょっと高いらしいんだ。そう言って織田は笑った。笑った後にちょっと真面目《まじめ》な眼をした。真面目で真剣な探るような眼の色だった。

湯たんぽみたいね、と潮子はからかった。冬はいいけど、夏、暑苦しいわね。

別に悪気はなかった。

ふられちゃったのかな。織田がぽつりと言い、それからゲラゲラと笑った。今の、プロポーズだったんだぜ。

あらそうなの。なぜかドキリとして、潮子は織田から視線を背けた。

変なプロポーズだわ。

断りやすいだろう？

「西野ちゃん」

と奥の方から織田がふりむいて言った。

「ちょっと待っててくれないか。これだけ入れてくるから」

手にした潮子の挿し絵をふって見せた。

彼は五分としないうちにジャケットを手に戻って来た。

「飯でも食わない？」

潮子は留守電の機械を思い浮かべた。徹雄の声が入っているかもしれない。飛んで帰りたかった。

けれども入っていないかもしれない。その可能性の方が、どちらかというと大きかった。

ひたすら待ち続けるしかない長い夜を思うと、口の中が粘ついて来た。

「うん。久しぶりにつきあうわ。でも、私のおごりね。色々迷惑かけてるから」

「迷惑なんてかけてないさ」

織田は明るい声でそう否定した。

「だといいんだけど――」

「イタリアンにしようか」

「つまりスパゲッティーってことでしょ?」

潮子が笑った。イタリアンレストランと織田はどうみても結びつかない。イタリア料理が似合うのは徹雄。彼はキャンティ・クラシコを水がわりに二本もあける。

しかし織田が案内したのは、わりとちゃんとしたイタリアンレストランで、シシリー人のウェイターやギタリストたちが、広い店内を右往左往している感じの店だった。

「陽気だろう?」

と、潮子の背にさりげなく手を置いて、奥の方へとエスコートしながら織田が言った。

取りすましたり気取っていなくて、いい雰囲気だった。どこかのテーブルで乾杯の声があがり、別の方角からは、カンツォーネを唄《うた》う声がしていた。テープやレコードではない生の声だ。遠くで皿を落したらしく、壊れる派手な音がそれらに混った。

「落ちこんでいる時には、こういう店で腹一杯食べて飲むにかぎるよ」

向いあいではなく、九十度の位置に席を取りながら、織田が微笑した。

「誰が落ちこんでいるの?」

潮子はとぼけて訊《き》き返した。テーブルから次のテーブルへ移っていく唄うたいと、ギターの伴奏者の姿が眼の隅に映る。

「ま、いいさ」

織田は顎《あご》を撫《な》でてから、ばかでかいメニューを広げた。

「よくないわよ。私が落ちこんでいるから慰めてくれるつもりで、ここへ連れて来てくれたの？　だったら、全くの的外れ」

「外れなら、外れの方がいいにきまっている。何にする？」

「変なことを考えないでよね」

潮子はメニューを眺めた。

「変なことだなんて、妙な言い方するね。スープがわりにスパゲッティーをとろうか？」

「それだけでお腹《なか》一杯になっちゃうわ」

「じゃひとつ取って、半分ずつに分ければいいさ。にんにくと赤唐辛子のカッペリーニって細い麵《めん》がうまいよ」

「それでいいわ、まかせるわ」

潮子はメニューを置いた。

「どうしたの？　俺の言ったことで気でも悪くした？」

「何でもないのよ。気にしないで」

潮子は氷の入った水を半分ほど一気に飲んだ。

自分は一体こんな場所で何をしているのだろうという思いがつのった。今の心境とは一番遠く無縁の場所で、全くの他人とテーブルを囲んで、スパゲッティーを分けあう相談なんてしている。潮子は、初めて逢《あ》った人ででもあるかのように、織田を眺めた。この人のことを、自分は何も知らない。もう何年も、一緒に仕事をしているのに。多分、一緒に食事をしたことだって十回以上はあるだろう。

潮子は、織田の角ばった顎を見た。顎の先が、ほんのわずかに割れている。日本人にはめずらしい顎だった。それからテーブルの上に無造作に置かれている彼の手を見た。爪がきれいに切りそろえてあった。初めて見る顎。はじめて見る手。奇妙な気がした。

徹雄の肉体なら隅から隅まで知っている。もしも、道ばたにあなたの足の小指が落ちていたら、あなたのだって私にはすぐわかるわ、といつだったか、愛しあった直後に言ったことがあった。

気持悪いこと言うなよ、と徹雄がひどく不快そうな顔をした。なんで僕の足の小指が道ばたに落ちていなければならないんだ?

たとえばの話よ。

「帰りたいわ」

と思わず潮子は小さく声に出して言った。

「え?」

織田が眼を上げた。一瞬怯《おび》えたような瞳《ひとみ》の色だった。

「冗談よ」

男の瞳の中の怯えた色にドキリとして、潮子は反射的にそう言った。あんな眼はたまらないと思った。あんな眼でひとを見るなんて。でももしかしたら、自分も徹雄をあれとそっくりの眼の色で、みつめて来たのかもしれない。

「色々あるさ、人生には」

織田はウェイターを手招きして、注文を伝える。ウェイターが下がると、少ししてワインのソムリエがテーブルの傍《そば》に立った。背の低いひげの男だ。胸に仰々しく銀色の飾りをぶらさげている。織田が眉を上げて潮子を見た。

「キャンティ・クラシコ」

静かに潮子は呟《つぶや》いた。

「それじゃそれを」

織田がソムリエに伝えた。

「気取らないワインよ」

とソムリエが立ち去ると潮子が説明した。

「素朴でちょっと荒っぽくて」

徹雄の受け売りだった。急に哀《かな》しさがこみ上げた。

「そうよね。色々あるわよね、人生には」

織田の今さっきの言葉をくりかえした。「その後のあなたの人生はどう?」

「平々凡々。ひとつ失恋してそれっきり」

「そう……」

潮子はテーブルの上で鈍く光っているフォークの柄にそっと触れてみる。織田が、きみの方は？　と訊《たず》ねなければいいが、と思う。

織田は訊ねない。

「何考えているの？」

息苦しくなって潮子が口を開いた。

ふふと彼が笑った。

「おかしいね。俺も、きみが今何を考えているのかなと考えていた」

織田の瞳に柔らかい光が宿る。

デイトの時、今何考えているの、と訊く女は嫌いだと、徹雄は言う。わずらわしいよな。男が女を前にして何か考えているように見えたら、別の女のことを考えているか、眼の前の女のことを考えているか、そのどっちかにきまっている。で、あなた、どっちなの？　おまえのことさ。心をこめずに徹雄が答えた。男と女って、結局、同時に相手のことを思いあっていることってないのかもしれない。どちらかが別のひとのことを考えている。

「あなたの顎のくぼみ――、今初めて気がついたわ」

もしも徹雄がうらやむとしたら、その先のくぼんだ顎だろう。

「いい顎よ。それから手も」

「無理に誉《ほ》めてくれなくてもいいよ」

「ほんとうにそう思ったのよ」

前菜が運ばれて来て、二人の前にめいめい置かれた。キャンティ・クラシコの栓が抜かれ、織田のグラスにちょっぴり注がれる。彼がゆっくり味見をする。そして軽くうなずく。自然な動作だ。

徹雄はテイスティングの時、いつもわずかに緊張した。そして緊張を隠すために、わざと少し横柄に振るまった。――まあいいや、とか、いいんじゃないかなと必ず言った。

「ねえ、あの時のあの話、もう時効？」

唐突に潮子が訊いた。そう訊いてしまった後、耳に血がどっと集まり燃えるように熱くなるのを感じた。できることなら、たった今とりこぼした言葉をひとつずつひろい集めて、口の中に押し戻したかった。

え？　何の話？　だなんて訊き返しませんように。潮子は固く両眼を閉じて顔を背けた。とても長い沈黙が流れたような気がしたが、実際にはそれほどでもなかったのかもしれない。

「いや」

と織田はややかすれた声で言った。

「まだ時効じゃないよ」

織田はまっすぐに潮子を見たが、彼女は彼の眼をまともに見返すことは出来そうにもなかった。

「今でもあなたの体温、人より一度高いの？」

「うん。冬はいいけど夏には暑苦しい男」

「でも今は冬よ」

ようやく視線を上げて織田を見た。彼はゆっくりとうなずいた。それからワインを両方のグラスに注ぎ足して、乾杯の仕種《しぐさ》をした。二人は無言のうちにグラスをカチリと合わせた。

「何も訊かないの？」

と、やがて潮子が質問した。

「何か言いたいことがある？」

織田は質問に質問で答えた。

「きみの方でぜひにも言いたいことがあるんなら、聞くよ」

誠実な声だった。こんな声の調子で物を言う男を、今まで潮子は知らなかった。

「私――」と潮子は下唇を咬んだ。

「男に振られたの。振られたばかりなの。それで寒いの」

それを聞いても織田の表情は全く変らなかった。

「言いたいことは、それだけか?」

「ええ、それだけ」

運ばれて来た一皿のスパゲッティーを、ウェイターが小皿に取りわけてくれる。その手さばきを二人はしばらく黙って眺めていた。

ウェイターが去ると潮子が言った。

「今夜だけでいいの。あなたの部屋に行ってもいい?」

「きみがそうしたいのなら、いいよ」

穏やかに織田が答えた。

「ただし、お構いはしないよ。この意味わかるだろう?」

「じゃ、私、何しに行くの?」

潮子の声がわずかに尖《とが》った感じになった。

「反対に俺の方で訊きたい。きみは今夜俺の部屋に何しに来るつもり?」

「ずいぶん残酷なことを訊くのね」

「くい違いを避けたいからだよ」

「じゃ言うわ。女が男の部屋に出かけて行く目的はただひとつ。男と女のことをするためだわ」

「だとすると、悪いけど俺は相手は出来ない」

潮子の顔色が変った。

「ベッドの相手は出来ないけど、きみが俺の部屋で朝まで過ごすのなら、話し相手にはなるよ」

「ありがと」

精一杯の皮肉をこめて潮子が言った。

「どういたしまして」

二人は再び黙りこんだ。

「悪かった。冷たくするつもりはなかったんだ。ただ、今の状態のきみを俺のベッドにひきずり込むわけにはいかないよ、そんなことをしたら俺は自分で自分を許せなくなる」

「そうでしょうね」

潮子はよそよそしく呟いた。でも彼の言わんとするところは痛いほどわかっていた。

「前言取り消すわ。忘れてちょうだい」

「それで、どうするつもり？」

「家へ帰るわ」

織田がうなずいた。

「家に帰って、留守電聞くわ」

「それから？」

「多分少し泣くわ」

「うん……。それから？」

「ブランディ飲んで、熱いお風呂《ふろ》に入って、それから眠るわ」

「ブランディは風呂のあとの方がいいよ。心臓に悪いから」

「かまわないの、心臓なんて。心臓麻痺《まひ》で死ねたら本望よ。どうせ私のことなんて誰も気にしてないもの」

「そう思うかい？」

織田の眼に痛みが走った。

「俺、すごく気にすると思うよ」

「そうかしら？　じゃなんで今夜私を救ってくれないの？　私の生涯で一番辛《つら》い時かもしれないのに、私を見放すのね？」

織田の手が不意に両側から潮子の腕を強くつかんだ。

「ほんとうにそう思うのか？」

「放して、痛いじゃないの」

潮子は涙声で言った。

「送るよ」

織田は伝票に手を伸ばすと、強引に潮子を立たせ、ほとんど引きずるようにレジに向った。

「送ってくれなくていいわ。一人で帰りたいの」

潮子は外に出るときっぱりとそう言った。

「でも大丈夫かい」

「大丈夫よ。一人になりたいのよ」

「わかった。じゃ気をつけて」

織田は潮子のためにタクシーを止めて、彼女が乗りこむのに手を貸した。

「うまく言えないけど、ありがとう」

潮子は右手を出した。

「ほんとうに？」

その手を握り返しながら織田がまぶしそうに訊き返した。

「恨んでない？」

「もちろんよ、恨んでないわ。むしろ感謝してる」

「そうか」

織田の表情がくしゃくしゃに崩れた。

「また近々電話をするよ」

「ええ、電話して。きっとね」

ドアが閉まった。織田が何か言ったが聞きとれなかった。車窓の光景が流れて彼の姿が視界から消えた。

家に戻ると潮子は留守電のスイッチを切り、テープを外して棚の一番上に機械をしまいこんだ。それからテープをリールから引っぱり出すと、ハサミで切り刻んでゴミ箱に捨てた。徹雄の声が入っていたかもしれないし、入っていなかったかもしれない。もう永遠にわからないことだ。それから浴室に行ってバスタブの蛇口をひねった。その時、居間で電話が鳴った。

呼吸が止りそうだった。近くのソファで躰《からだ》を支えながら、受話器を取り上げた。

「もしもし」

と相手が言った。徹雄の声ではなかった。

「織田です。無事に帰ったようだね」

深い失望で躰中の力がぬけていった。

「用件は他にないんだ、ごめん。じゃ切るよ」

「おやすみなさい」

「おやすみ」

「待って」

と潮子は言った。

「電話ありがとう」

「いや。かえって悪かったと思って。別の電話を期待してたんだろう？　声でわかったよ。じゃおやすみ、二、三日してまたかけるよ」

織田の電話が切れた。潮子は長いこと受話器を胸のあたりに押しつけていたが、やがてそっと元に戻した。

解説

唯川　恵

私が言うのもおこがましいが、ひとつのモチーフをテーマに十二篇《へん》の短篇集を作るという作業が、どれほど手強《てごわ》いものか身を以《もっ》て知っている。

本作で、森瑤子さんが選んだモチーフは「電話」。

そこに、女と男の行き違いや戸惑い、自尊心の揺れなどが、痛みを伴いつつ、繊細に描かれている。モチーフとなる「電話」が日常的なものだけに、展開には工夫がさまざまに凝らされていて、たっぷり楽しめる。

特に私などはまさに森瑤子さん世代なので、電話の延長コードを長く延ばしてお風呂場の前まで持って行ったり、留守番電話を外出先から何度もチェックしたり、ということを当たり前にやっていた。思い当たるふしばかりで、すぐに作品にのめり込んでしまった。

そういう意味では、スマホ世代の若い人たちの中には、いわゆる「家電《いえでん》」の存在がピンと来ない方もいるかもしれない。

確かに、今はいつでもどこでも連絡が取れるのだから、焦る必要はなくなっただろう。

しかし、どんな形態になろうと、やはり電話は電話なのである。いやむしろ、簡単に連絡が取れるようになったからこそ、繋《つな》がらない状況での追い詰められ方はもっと深いかもしれない。

時代の違いはあっても、本質的には何ひとつ変わっていないのが恋愛である。読み始めれば、本書が三十年以上も前の作品だということなどすぐに気にならなくなるだろう。

彼からの電話を待つ間の、あの不安と焦《じ》れったさ。切なさと屈辱がごちゃまぜになった手に負えない感情。繋がったら繋がったで、彼の言葉のニュアンスに神経を尖《とが》らせ、媚《こ》びが滲《にじ》まないよう、それでいて不愛想にならないよう心を砕く、あの不毛な努力。

恋愛は、特に恋愛の始まりと終わりは、どちらが主導権を握るかが、大きなポイントになる。そして、この主導権がどっちにあるか、それが最もわかりやすい形で現れるのが、電話でもある。

特に一話目の『アンサーフォン』の主人公に、思いが重なる女性もいるのではないだろうか。

たとえば、電話が減って、頭ではもう男の気持ちが離れていることはわかっている。それでも心がそれを受け入れられない。彼はすぐに「忙しい」を言い訳にするが、かつては、ちょっと声を聞きたくて、と、どんなに忙しい時でも電話をして来たはずである。そのかつての男が、今の男と同一人物であることの理不尽さを思い知らされるのだ。

とはいえ、本書は決して痛い目に遭っている女ばかりが登場するわけではない。そこがまた森瑤子さんらしい構成となっていて、ちゃんと男を震え上がらせる作品も用意されているのが心憎い。

特に『危険な情事』や『通り雨』は、男が愕然《がくぜん》とする終わり方になっている。まるで小説の中できっちり仕返しをしてくれているようで、ひねくれた私など小気味よささえ感じてしまった。

更に、ミステリー要素を感じるもの、背中がざわっとするもの、温かい余韻を残すものなど、一篇一篇がバラエティに富んでいて、電話から窺《うかが》えるさまざまな女と男の姿をたっぷりと堪能《たんのう》させてもらった。

そして読了後、私はある真夜中の電話を思い出していた。

あれはいつだったろう。ずいぶん前ではあるけれど、うんと若いというわけではなく、すでに若さに置いてきぼりにされた感覚を持つ年代の頃《ころ》になっていた。

深夜、寝ていた私は慌てて電話に飛びついた。電話の相手は女性だった。

彼女は言った。

「彼、出して」

戸惑っていると「いるんでしょ、いいから早く出して」と、彼女は語気を荒らげた。

「番号、間違えていますよ」

私は冷静に答えた。

彼女はしばらく息を呑《の》んだように、無言を続けた。そして唐突に電話は切れた。リダイヤルがなかったということは、彼女も間違えたことに気づいたのだろう。

再び眠ろうとしたのだが、すっかり目が冴《さ》えて、闇《やみ》を見つめた。

彼女の切羽詰まった恋の在り方が、電話を通して透けて見えるようだった。

そして、ふと自分を顧みた。私が電話に飛びついたのは、恋愛がらみというわけではなく、その少し前、母が体調を崩して入院していたからである。「もしかしたら」という不安があった。

その時、私は自分が人生の変わり目に来ていることを悟ったような気がする。

恋愛だけに生きる時期はもう過ぎたのだ、と。

それが寂しくもあり、けれども、どこかでホッとしてもいた。

昔も今も、そしてこれからも、電話はさまざまなドラマをこうして生み出していくのだろう。

きっと森瑤子さんはそれを知っていて、この短篇集を生み出したに違いない。

（ゆいかわ・けい／作家）

本書は、中公文庫『あなたに電話』（一九九一年一月刊）を底本としました。

また、今日不適切とされる語句や表現については、作品の発表された時代背景を考慮し、そのままとしました。

Haruki Bunko
ハルキ文庫

も 6-2

あなたに電話《でんわ》

著者 森《もり》 瑤子《ようこ》

2025年2月18日第一刷発行

発行者 角川春樹

発行所 株式会社角川春樹事務所
〒102-0074 東京都千代田区九段南2-1-30 イタリア文化会館

電話 03(3263)5247(編集)
03(3263)5881(営業)

印刷・製本 中央精版印刷株式会社

フォーマット・デザイン 芦澤泰偉
表紙イラストレーション 門坂 流

ISBN978-4-7584-4696-9 C0193 ©2025 Mori Yoko Printed in Japan
http://www.kadokawaharuki.co.jp/[営業]
fanmail@kadokawaharuki.co.jp[編集] ご意見・ご感想をお寄せください。

森瑤子の本

指輪

ほんの遊び心から婚約した渉《しょう》と今日子《きようこ》。二人の指には、お揃いの銀の指輪がはめられている。

今日子はいつしか渉との結婚を切望するようになっていった。

しかし約束の日、渉からの電話はなかなか鳴らず……（「指輪」）。

女と男の欲望と、嘘と裏切り。

情愛の行きつく果てとは――

あまりに繊細でスリリングな珠玉の短編集、『イヤリング』から改題し、装いも新たに復活。


（解説・原田ひ香）

ハルキ文庫

原田ひ香の本

古本食堂

鷹島珊瑚《たかしまさんご》は両親を看取り、帯広でのんびり暮らしていた。そんな折、東京の神田神保町で小さな古書店を営んでいた兄の滋郎《じろう》が急逝《きゅうせい》。珊瑚がそのお店とビルを相続することになり、単身上京した。一方、珊瑚の親戚で国文科の大学院生・美希喜《みきき》は、生前滋郎の元に通っていたことから、素人の珊瑚の手伝いをすることに……。カレー、中華など神保町の美味しい食と思いやり溢れる人々、奥深い本の魅力が一杯詰まった幸福な物語、早くも文庫化。

（巻末特別対談・片桐はいり×原田ひ香）

ハルキ文庫